KB201682

하 지   않 은   세 계

안바다 에세이

하지 않은 세계

책나무

" 혼자 있으십시오.

은총이라고 할 만한

명상 속에 머무르십시오. "

– 글렌 굴드

" 인간은 아무것도 하지 않을 때

가장 활동적이며,

혼자 있을 때 가장 덜 외롭다. "

– 카토

목차

1부 사람과 사람

2부 동물과 사람

3부 사물과 사람

4부 예술과 사람, 혹은 사랑

하지 않은 세계

사람과 사람

두 세계의
탄생

·

·

·

누군가는 시간과 공간의 기억이 몸에 온전히 남는 어떤 날이 있다. 그 시간과 공간을 함께했지만 또 다른 누군가는 아무것도 기억하지 못하는 날이 있다. 나는 '그날'에 대해 아무 말도 할 수 없다. 내가 해낼 수 있는 가장 오래된 기억은 '그날'에서 이미 멀어진, 어둡고 긴 밤길을 뛰는 장면이다. 그 어두운 밤의 장면을 함께 공유하고 있는 형이 자신이 여덟 살 때라고 하니, 나는 다섯 살이었을 것이다. 그 장면이 내가 기억할 수 있는 가장 오래전 것이다. 그 이전의 세상은 기억하려 해도 단 한 순간도 떠올릴 수 없다. 기억할 수 없는 그곳은 내게 일종의 침묵이고 빈자리다.

빈자리로 남은 침묵의 날 중, 첫날은 다른 날들과 달리 '생일'이라는 이름을 얻었다. 나는 그날 침묵하지 않았다. 세상의 낯선 빛과 사람들에 둘러싸인 채 소리 내어 울었다. 이 세상은 열 달 동안 나를 에워싼 양수의 끈적끈적하고 어둡던 세상과 너무 달랐다. 모든 것이 낯설지만 좋든 싫든 이제 내가 부단히 감당하며 살아갈 세계였다.

성인이 될 때까지 대개 부모가 자녀의 생계를 감당하지만 모든 부모가 꼭 그런 건 아니다. 설사 부모가 자녀의 생계를 온전히 감당한다 해도 아이가 만나는 사람과 세상 모든 일을 감당할 수는 없다. 내가 마주한 세계, 내 삶, 나라는 존재 자체, 이것들은 내 선택이나 의지와는 무관하게 내게 주어졌지만, 내가 온전히 감당해야 할 것들이었다.

그런 감당이 시작된 날 이후 십 년 동안 생일이라고 불리는 그날을, 어떤 축하를 받을 만한 날이라거나 파티를 할 만한 날이라고 생각해 본 적은 없었다. 어린 시절, 내가 태어난 날에 친구들을 불러 파티를 하거나 선물을 받는 일은 일어나지 않았으니까. 생일은 여느 날과 다르지 않았다. 미역국 정도가 상에 올라왔다. 매일 먹는 밑반찬들과 함께 미역이 가득 담긴, 고기 대신 정체불명의 노란 기름이 가득 떠 있는 미역국이 내가 태어난 날이라는 걸 애처롭게 기념했다.

다른 가족의 생일도 다르지 않았다. 생일이라는 기념일이 우리 집에선 대단한 사치거나 아무 가치 없는 일, 둘 중 하나거나 혹은 둘 다였다. 부모님은 아이들 생일이라고 뭔가를 딱히 챙겨 주는 어른이 아니었고, 자녀들(나와 형)도 부모님 생일이라고 어떤 마음과 선물을 준비한 아이 또한 아니었다.

공휴일이나 일요일처럼 달력에 빨갛게 그려진 날도 아니고, 반만 휴일이었던 토요일 같은 파란 날도 아니고, 그렇다고 완전히 평범한 흰 날도 아닌, 무채색 같은 이 생일에 어떤 색채가 부여된 건, 초등학교 3학년 새 학기가 시작되고 한 달쯤 지난 후였다. 한 여자아이가 자신의 생일에 나를 집으로 초대하고 싶다며, 작은 분홍빛 카드를 수줍게 내밀었다. 예상치 못한 초대에 나는 당황했지만 아무렇지 않은 척, 별일 아니라는 듯이 흔쾌히 응했다.

그 아이는 나 말고도 다른 남자아이 한 명과 여자아이 두 명을 더 초대했다. 여자아이들 셋이 앞줄에, 나와 다른 남자아이가 뒷줄에 앉아 찍은 한 장의 사진이 그날을 기념하며 아직 남아 있다. 아이들의 외모가 모두 단정하고 깔끔했다. 손길이 많이 간직한 아이들의 머리와 옷매무새는 아이들의 형편을 쉽게 짐작케 했다. 사진 속의 나도 그들과 많이 다르지 않은 입성을 하고 있다. 꽤 형편이 좋은 집 아이 같다.

유년 시절 사진 속의 나는 옷차림이 꽤 단정한 편이다. 여러모로 어려운 형편이었을 텐데, 옷과 머리가 지저분한 느낌이 들지는 않는다. 가난하지만 깔끔하게 살고자 했던 어머니 덕분일 수도 있고, 어머니만큼 젊어 보이는 어머니보다 더 깔끔한 성격의 외할머니 덕분일 수도 있다.

그래서일까. 가장 친한 친구 두어 명을 빼고 대부분의 아이들은 우리 집 형편이 꽤 좋다고 생각했다. 친한 친구에게도 어린 시절 살던, 재래식 변소가 마당 한구석에 있는 작은 집이 실은 외할머니 집이라고 말한 적은 단 한 번도 없었다.

80년대 서울 북동쪽에 서툴게 형성된 우리 동네가 그리 넉넉한 고장은 아니었지만, 잘사는 집은 어디나 있기 마련이어서, 동네에는 은행 지점장 딸도 있었고 방송국 직원의 아들도 있었고 병원이나 한의원 집 아이들도 있었다. 골목 하나를 사이에 두고 여러 세간이 늘어진 마당이 딸린 단층집들이 작은 머리를 맞대고 옹기종기 모여 있었고, 그 골목 맞은편엔 조경수와 화분이 정성스럽게 가꿔진 마당을 보유한 이층집들이 서로 어깨를 맞댄 채 사이좋게 나란히 서 있었다.

골목을 사이에 두고 단층집과 이층집은 두 종류의 세계가 갈리는 것처럼 보였다. 하지만 그곳에 거주하는 아이들은 매끈히 나누어진 그 두 종류의 집들과 달리 뒤섞여 무리 지어 자연스레 놀았다. 여러모로 척박한 사회일수록 부와 가난은 사실 어른들의 세계보다 아이들의 세계에서 더 냉정한 잣대 같은 것이 되곤 하지만, 그 동네는 전체적으로 가난해서일까, 그 동네 부자들 역시 가난한 그들에 기대어 살고 있기 때문일까, 가정 형편과 상관없이 아이들은 잘 뒤섞여 놀았다.

그럼에도 아이들은 알았다. 부잣집 아이들은 가난한 집 아이들의 허름한 입성을 보고 대번에 자신들과 다른 세상에 사는 사람이라는 것을, 가난한 집 아이들 역시 반짝거릴 만큼 깨끗한 부잣집 아이들의 옷과 가방을 보고 자신들과 다른 부류의 아이라는 것을. 같은 시대, 같은 동네, 그리고 같은 학교를 공유한 아이들이지만, 재래식 변소에서 여전히 볼일을 보는 아이들의 세상과 좌식 양변기에 앉아 볼일을 보는 아이들의 세상은 생각보다 차이가 컸다.

학기 초 그 아이에게 받은 분홍빛 초대장은 재래식 화장실에서 볼일을 보고 여름엔 마당에서 목욕을 하고 형과 자리다툼하며 한방에서 잠자는 내가 양변기에서 볼일을 보고 이 층에 있는 자기만의 분홍색 방에서 책을 읽고 분홍색 잠옷을 입고 잠을 자는 아이에게 받은 최초의 것이었다.

그해 여름, 나도 생일 파티를 하고 싶다는 생각을 처음으로 했다. 나를 초대한 아이와 가까운 친구들을 (만약 '파티'라는 걸 한다면) 생일 파티에 초대하고 싶었다. 하지만 말을 꺼내지는 않았다. 얹혀살던 외할머니 집이 아주 허름한 건 아니었지만, 아이들을 불러 어떤 '파티'를 할 만한 집이라는 생각이 들지 않았다. 우리 집은 그 아이 집처럼 이층집도 아니고 '내 방'이라고 할 만한 공간도 없었다. 재래식 변소도 마당 한편 조용히 자리를 차지하고 있었다. 급히 화장실에 가고 싶어 하는 분홍빛 아이에게 당당히 안내해 줄 공간이라는 생각이 들지 않았다.

어린 마음이지만, 우리 집에 없는 어떤 것들이, 우리 집에 있는 어떤 것들이 부끄러웠다. 그리고 무엇보다 우리 집은 자녀 생일에 '파티'라는 이름을 붙이고 친구들을 위해 따로 음식과 간식을 마련해 줄 형편이 아니었다.

하지만 어린 나는 그런 형편 때문에 생일 파티를 못한다고 생각하지 않았다. 내 생일은 여름 방학이 시작되고 아이들이 친척집이나 시골 할머니 댁, 혹은 부모님과 산과 바다로 휴가를 떠날 시기와 일치했다. 어쩔 수 없이 친구를 초대하지 못한다고 생각하곤 했다. 그러면 별일 없는 내 생일의 하루가 그럭저럭 받아들일 만했다. 나를 초대했던 그 분홍빛 아이도 방학이 시작되자마자 엄마와 함께 시골 외할머니 댁에 갔다.

다른 해보다 유독 생일 파티를 열고 싶었지만 하지 못했던 그해 생일. 기름 뜬 미역국만이 내 생일임을 소박하게 지시할 뿐, 그날은 여느 날과 다르지 않았다. 덥고 습한 하늘 가운데 뜨거운 태양이 고집스레 떠 있는 날이었다.

모두가 어디론가 떠나 텅 빈 도시에 홀로 남겨지듯, 시끄러운 매미 소리를 배경 삼아 눅눅한 마루에 누워 하릴없이 천장만 보고 있었다. 아침에 먹다 남은 노란 미역국이 점심에도, 그리고 저녁에도 살뜰하게 상에 올라오는 일을 차분히 경험할 뿐이었다. 간식이라곤 없는 집에서 유일하게 넉넉히 쌓아 둔 빨간 토마토를 하루 종일 먹었다.

그해는 가뭄이었다. 유난히 토마토가 먹고 싶어서 토마토를 달고 살았던 그해 여름, 그녀는 임신중독증으로 발이 너무 부어 남자 슬리퍼를 신고 다녔다. 주변에선 쌍둥이일 것 같다고 했다. 남편은 항상 집에 늦게 들어왔다. 대개 취해 있었다. 아들이든 딸이든 자신의 삶과는 거의 무관한 존재일 텐데, 그는 둘째가 딸이기를 바랐다. 둘째는 그의 바람과 달리 아들이었고, 신생아 평균 몸무게보다 훨씬 무거워서 꽤 어렵게 세상으로 나왔다.

아이는 자신이 감당해야 할 세계에 대해 몰랐다. 실은 산모도 몰랐다. 아이의 탄생은 아이가 마주하고 살아가야 할 세계의 탄생이지만, 동시에 산모의 세계 또한 다시 탄생하는 순간이기도 했다. 세 살짜리 아이가 있는 산모의 삶에 또 다른 아이가 생겨나면서 종전과 다른 그녀의 세계가 태어났다. 세 살짜리 아이가 한 명인 세계와 사내아이가 한 명 더 있는 세계, 그 아이가 자라면서 그녀 자신과 관계 맺을 무수한 사건과 감정과 말들이 만들어 내는 또 다른 세계, 그렇게 그 아이가 없는 세계와 너무 다른 세계가 그녀 앞에 펼쳐지는 순간이었다.

군데군데 금 간 곳이 많은 반들반들한 시멘트 바닥, 정사각형 모양의 작고 하얀 타일이 빼곡한 벽, 벽에 헐겁게 매달려 미지근한 바람을 내뿜는 벽걸이 선풍기, 앙상한 철제 침대, 그 위에 앙상하게 덮인 희고 깨끗한 천, 그 천을 비추는 밝고 선명한 하얀 조명, 그 조명에 반사되어 날카롭게 반짝이는 작은 도구들, 공간을 가득 메운 에탄올 냄새, 그것들이 둘러싸인 시간과 공간 안에서 산모도 간호사도 의사도 모두 땀을 흘리며 한 아이를 받아 내었다. 천장 아래 간신히 매달린 작은 창문에 여름 해가 아직 머물러 있었다.

어린 시절과 달리, 내 생일이 어떤 '파티'를 하고 무엇인가를 기념하고 누군가에게 축하받을 만한 날이라는 생각은 들지 않는다. 굳이 기념하거나 축하해야 할 대상이 있다면, 허름한 이문동의 산부인과에 누워 있던 어머니가 아닐까. 어머니는 내가 거주했던 가장 오래된 곳이자 최초의 공간이다. 내게 유일한 고향이 있다면 그건 어머니의 '몸'이다. 한때 내가 거주했던 작은 공간, 가장 작은 집.

오늘 생일은 유난히 더운 여름날이다. 퇴근길, 어머니에게 전화하기 위해 휴대폰을 드니 치과, 미용실, 카드회사, 안경점 등에서 온 생일 축하 메시지가 울려 댄다. 두 세계의 탄생을 축하하기 위해서.

왜
태어났니

.

.

.

언젠가 어린 시절에 나를 왜 낳았는지 어머니에게 물었다. 생일에 친구들이 따지듯 소리치며 부르는 장난스러운 노래 가사, '왜 태어났니'라는 질문 앞에서 나는 늘 머뭇거렸다. 왠지 이 가사는 의문형이라기보다 평서형 질책이나 힐난의 말처럼 들렸다. 무엇보다 이 질문은 내게 할 게 아니라 부모님께 물어야 할 성질의 것이라는 생각이 들었다.

부모님은 왜 나를 낳았을까? 어머니에게 물었다. 자세히 기억나지 않지만 어머니는 엄마와 아빠가 만나 너를 낳았다고, 대충 둘러대셨던 것 같다. '왜'를 '어떻게'로 대체한 설명은 석연치 않은 대답이었다.

우리 부모님에게선 질문에 호응하는 답변을 찾기 어려울 거라는 판단 때문이었을까. 나는 말수가 적은 단짝 친구에게 물었다.

"넌 왜 태어났니?"

의아해하는 친구에게, 너희 부모님께 물어봐 달라고 부탁했다. 평소 친구의 부모님은 다정해 보였다. 다음 날 친구가 가져온 답은 식상하고 고상했다. 사랑해서 자신을 낳았다는 것. 꽤 합당한 설명 같았지만 우리 부모님의 관계를 보면 부당한 설명 같았다. 하지만 엄마와 아빠도 한때는 사랑했을 것이라 짐작하며, 그 문제에 관해, 사랑이라는 무엇이 나를 만들고 낳았을 것이라는 추상적인 결론을 잠정적으로 내렸다.

조금 더 커서 내 출생이 부모님의 사랑 때문만은 아니었다는 것을 알게 되었다. 특별한 목적이 있는 것도 아니라는 것도 알게 되었다. 그보다는 두 분의 정서적 교감과 신체적 욕망과 생물학적 본능과 사회적 관습이 나를 이 세상으로 이끌었다는 사실을 알게 되었다. 한 생명의 탄생과 죽음에 대해 숙고하고 나를 품었던 것이 아니었다.

사실 우리 부모님뿐 아니라, 생명을 가진 모든 존재가 다른 생명을 잉태할 때 대개 그랬다. 두 개체가 만나 생식하고 번식하는 건, 말 그대로 '자연'스러운 일이고 대체로 '자연'스러운 일이란 대단히 깊은 사고를 요구하는 일이 아니니까. 부모님은 자녀를 낳는 일이 중요한 것이라고 생각했겠지만, 그리고 몇 명 낳을지에 대해서도 고민했겠지만, 낳는 일 자체(혹은 낳지 않는 일)에 대해 의심하거나 고민해 본 적은 없는 것 같았다.

막상 내가 한 일은 아니지만, 나라는 존재의 존재 이유에 대해 나는 종종 힘들어했다. 잦고 거친 부모님의 싸움 때문이었다. 비교적 내성적이고 말수가 적은 아이에게 부모님의 격한 싸움은 단지 단순한 부부의 다툼이 아니었다. 그 소리들, 악에 받쳐 내지르는 소리들이 공간을 가득 채우는 동안 나는 정신적으로도 물리적으로도 고통스러웠다.

그때 '황폐'라는 단어를 몰랐지만, 모든 것이 황폐해지는 느낌이었고, 그 시간과 공간을 어떻게든 벗어나고 싶었다. 하지만 늦은 밤이면 어김없이 진행되는 이 황폐의 공간으로부터 한 자릿수 나이의 아이가 딱히 할 수 있는 일은 없었다. 어디 도망갈 수도 없었다.

지속 가능성을 성실히 실천하는 부모님의 싸움은 청소년기까지 이어졌다. 그래도 그때부턴 피할 수 있는 약간의 공간이 생겼다. 동네를 어슬렁거리거나 이어폰을 끼고 음악을 크게 듣곤 했다. 자녀의 양육 환경을 민감하게 신경 쓰는 요즘 세대 부모와 달리, 여러모로 척박하고 폭력적인 가정 환경에서 자라난 7, 80년대 청소년들이 자주 들었던 음악이 록과 헤비메탈이었다는 건 우연이겠지만, 왠지 우연이 아닌 것 같았다.

나는 왜 태어났을까. 이 질문에 대답을 해 줄 수 있는 주체인 많은 부모들은 그 질문을 제대로 던져 보지 않은 채 아이를 낳았다. 질문이 던져지지 않은 채 세상에 던져졌으니, 대답 없는 생을 얻은 셈이었다. 민족중흥이나 가문의 영광을 위해 태어났다고 주장하는 소수의 사람들 외에, 지구에 존재하는 대다수의 사람들은 특별한 이유 없이 태어났다. 그래서 사람들은 종종 허무에 빠지거나, 혹은 허무에 빠지지 않기 위해 삶에 어떤 의미를 부여하곤 한다.

저녁 식사로 무엇을 먹을지, 누구와 사랑을 할지, 어떤 책을 읽을지, 때론 언제 어떻게 죽을 것인가에 대해서도 우리는 선택을 하고 결정을 내리지만 스스로의 출생에 관해선 그렇게 할 수 없다. 나라는 존재가 존재하게 된 가장 결정적이고 근원적인 사건이 내게서 비롯된 것이 아니라는 점, 일정 시간 이후 내 삶을 책임지는 일은 오롯이 내 몫인데, 막상 그 중대한 결정이 나와 무관한 일이라는 점, 자신의 삶이 막상 자신에 의해 시작되지 않는다는 점 때문에 우리 삶은 근원적으로 혼란스럽다.

출산을 자연의 순리나 어쩔 수 없는 현상, 그러니까 계절의 변화나 천재지변 같은 것으로 받아들이기도 어렵다. 계절의 변화나 태풍과 마찬가지로 인간의 출산 또한 자연의 일이지만, 통제 불가능한 '자연'과 달리 인간의 출산은 통제 가능한 범위에 있다.

두 주체(부모와 자식) 사이에서 벌어지는 상황은 일방적이고 불균형하다. 출산과 출생은 한 주체에게는 통제 범위 안에 있는 실재고 다른 한 주체에게는 통제를 넘어선 실재다. 두 실재의 불균형한 힘의 관계가 만들어 내는 건, 그것이 어떤 것이든 대개 부조리하고 부당한 것들이다.

출생이 부모가 자식에게 어떤 '생'이나 '삶'을 준 것이라며, 그것을 어떤 선물 같은 것으로 말하는 이들도 간혹 있다. 우선 선물 받는 이가 달라고 한 적이 없는 건 차치하고(종종 선물이란 그런 것이니까), 문제는 그 일방적인 선물이, 선물이 아닐 수도 있다는 데 있다. 건강 기능 식품이 될지 건강 장애 식품이 될지 알지 못하는 어떤 음식을 건네며, '일단 먹어 봐, 이게 어떤 것이 될 것인지는 네게 달렸어.'라고 말하는 건 참으로 무책임하다.

만약 그것이 선물이 될지 안 될지, 확실하지 않은(혹은 확신할 수 없는) 선물을 건넸다면, 그 선물이 진정한 선물이 되기 위해 노력해야 하는 사람은 선물을 받는 사람이 아니라, 선물을 건네주는 쪽이다. 가장 나쁜 종류의 행동은 행복한 선물이 될지 불행의 짐이 될지, 누구도 모르는 그 '생'이라는 물건을 마구 남발하는 것이다.

어린 날의 불행이 꼭 어려운 가정 형편 때문만은 아니었다. 행복의 크기가 돈의 크기와 순조롭게 비례하지 않는다는 것쯤은 어렸어도 알았다. 우리 집 경제 사정과 별반 다르지 않거나 더 어려워 보이는 친한 친구의 가족이 우리 가족보다 훨씬 더 화목했으니까. 즐겁고 신난 날도 많았지만 부모님의 잦은 싸움과 불화로 불안하고 슬픈 날도 많았던 유년 시절. 종종 베개에 머리를 묻고 울던 어린 나. 나는 태어나지 않았으면 얼마나 좋았을까, 라는 생각을 하며 잠든 날이 적지 않았다.

존재하지 않는 한 개체를 이 세상에 내어놓는 일은 세상에서 가장 흔한 일이면서 가장 특별한 일이다. 그리고 그것은 무엇보다 가장 두려운 일이다. 생명(삶)을 출산하는 건 동시에 죽음도 출산하는 것이니까. 한 개체가 기뻐하고 행복할 수 있는 기회를 주는 것이면서 동시에 그 개체가 고스란히 감당해야 할 슬픔, 고통, 좌절을 만들어 내는 일이기도 하니까.

자녀는 부모에게 물을 수 있다. 왜 나를 낳았는지. 하지만 그 전에 부모가 되고자 하는 이는 스스로 물을 수 있다. 왜 아이를 낳으려는지. 나 아닌, 나와 다른, 내가 될 수 없는 존재를 왜 태어나게 하려는지. 나 아닌 그 누군가가 맞이할 기쁨과 행복, 고통과 슬픔을, 삶과 죽음을 왜 세상에 내어놓으려는지.

도미에의
그림자

·

·

·

늦은 밤, 거실에서 작은 전등 아래, 책을 읽다 만난 오노레 도미에(Honoré Daumier)의 회화 〈The Burden〉. 흑백으로 인쇄된 페이지에 노란 전등이 비추고, 그림은 어둡지도 밝지도 않은 빛 아래 부드러운 윤곽선을 드러냈다.

아무 생각 없이 한동안 보다가 좀 더 자세히 보고 싶어서 태블릿을 켜고 작품을 찾아보았다. 흑백 삽화에서 알 수 없던, 그림의 주된 배경이 황갈색이라는 것과 저 멀리 구름 사이에 보이는 맑은 하늘이 에메랄드빛이라는 것을 확인할 수 있었다.

그 그림은 보다 분명하고 많은 정보를 주었지만, 태블릿을 끄고 다시 흑백의 페이지를 오래 보았다. 흑백으로 인쇄된 도미에의 그림이 불러내는 것이 있어서였다. 그건 아직 컬러텔레비전이 나오기 전의 일이고 내가 기억할 수 있는 최초의 기억이다. 세상마저 흑백은 아니었지만 흑백으로 남은 기억.

흐릿하게 처리된 배경의 높은 건물들. 거대한 건물과 벽 아래 뛰어가는 여인과 아이. 그림의 화각을 더 넓게 확대해 보아도 그들 곁에는, 그러니까 온 세상에 그들 외에는 아무도 없는 것 같다. 어떤 이유로 여인은 무거운 보따리를 들고 다급히 뛰어간다. 빨래하는 여인을 자주 그렸던 도미에의 다른 그림에 비추어 보면, 여인이 들고 있는 짐은 **빨랫감**일지 모른다.

하지만 그들이 다급히 뛰고 있는 모습에서, 여인의 짐은 내겐 어린 시절 그 밤길에 짊어진 어머니의 것처럼 보인다. 여인에게도 우리와 비슷한 일이 일어난 걸까. 보따리의 무게로 과하게 꺾인 여인의 오른팔, 그리고 거기에 힘겹게 걸린 커다란 짐을 강한 빛이 환히 비춘다.

풍자 화가였던 도미에. 그는 인물의 특징을 잡아내고 상황을 강조하는 방식을 알았다. 여인에게 다급히 떨어진 빛은 인공조명처럼, 뛰어가는 여인의 신체와 몸짓, 그리고 무거운 짐을 인상적으로 비춘다. 여인 옆의 아이는 그림자가 만든 어둠 속에 가려 있다. 그런데 내게 그 빛이 강조하는 것이 여인이나 여인의 짐이라기보다 여인의 그림자에 갇힌 아이 같다는 생각이 들었다. 빛을 받고 있는 여인과 달리 아이는 여인의 그림자 안에 온전히 갇혀 있어서 자세히 보지 않으면 얼굴이 잘 보이지 않는다.

아이는 엄마의 짐과 엄마 삶의 무게를 고스란히 받고 있는 것처럼 보인다. 어딘가 멍하고 동글동글한 여인의 표정이 무구한 아이의 얼굴 같고, 그 아래 아이의 표정은 세상 풍파를 감내하는 어른 혹은 노인의 얼굴 같다.

단지 그늘 때문에 그렇게 보이는 건 아니다. 아이의 얼굴이 엄마보다 어른의 얼굴처럼 보이는 건, 엄마가 짊어진 삶의 무게가 아이에게 고스란히 전해졌기 때문일까. '부담', '부

Honoré Daumier, 〈The Burden〉, 1850~1853

하(負荷), 혹은 '짐을 지우다'라는 의미인 'bruden'은, 그러 니까 저 삶의 무게는 우선 엄마의 것이지만, 저 밤길을 엄 마 곁에서 함께 뛰고 있는 아이 것이기도 하다.

아직 초등학교 입학 전일 때다. 직업 군인이던 아버지가 여느 날처럼 늦게 들어온 날이었다. 가득 취해 집에 들어와도 어머니가 차려 주는 밥을 먹어야 했던 아버지는 그날 밤도 식사 중이었다. 술에 취해 귀가한 요즘 남편이 하기에는 무모한 행동이겠지만 당시에는 그런대로 용인되는 요구였는지, 어머니는 조용히 밥상을 내어 오셨다. 내어 오며, 아내 된 자의 최소한의 어떤 권리라고 생각해서일까, 아버지에게 잔소리를 한마디 하셨다.

어머니에겐 매일 취해 들어오는 남편에게 할 수 있는 행동이었지만 아버지에겐 용납할 수 없는 일이었는지, 아니면 그저 취기 때문인지, 아버지는 소리치며 밥상을 엎으셨다. 형과 나는 이미 자다 깨서 방 한쪽 구석에 앉아 있었다. 낮은 계급의 군인이 제공받은 단칸방에서 벌어진 일이었다.

한바탕 뒤엎고 소리치고 난 아버지는 대충 드러누워 그대로 잠들었다. 어머니는 말없이, 뒤집어진 반찬 그릇과 반찬을 치우셨다. 걸레로 방바닥을 훔치고 있었지만 꼭 그 일을 하려는 것 같지는 않았다. 그때 형이 어머니의 옷소매를 붙잡고 울먹이며 말했다. 도망가자고, 외할머니 집에 가자고.

여덟 살짜리 사내아이에게서 나온 무기력한 말이 걸레를 들고 무력하게 고민하던 어머니를 움직였던 것일까. 어머니는 주섬주섬 보따리를 쌌다. 그러고는 나와 형에게 조용히 나오라는 손짓을 하셨다. 나는 말라 죽은 거북의 등껍데기처럼 애처롭게 뒤집힌 플라스틱 그릇 사이를 피해 방을 나왔다.

날은 춥고 길은 어두웠다. 버스 정류장까지는 어른 걸음으로도 먼 길이었다. 제 기능을 못하는 가로등이 듬성듬성 놓여 있는 비포장 길이었다. 우리는 달빛으로 진흙탕을 피해 잰걸음으로 정류장까지 걸어갔다. 어머니는 한 손엔 보따리를 들고 다른 한 손엔 나를 잡고 걸었다. 발 빠른 형은 어머니 앞에서 간간이 뒤를 돌아보며 재촉하듯 달렸다.

후일, 어머니는 그날을 회상하며 말씀하셨다. 그 길이 너무 어둡고 길었어. 그 어두운 길에서 그 사람이 달려와 목덜미를 확 잡을 것 같았어. 나도 어머니와 비슷한 감정을 느꼈는지는 잘 기억나지 않는다. 다만 빨리 아빠를, 그가 누워 있는 그 방을, 그 길을, 그 어둠을 벗어나고 싶다는 생각만 했던 것 같다.

그날, 어머니 왼손에 들린 허름한 보따리와 오른손에 들린 나. 나는 어머니의 또 다른 짐이었다. 세상의 모든 자녀는 본인의 뜻과 무관하게, 부모에게 짐이 된다. 부모가 자녀를 축복이라 생각하든 그렇지 않든, 자녀는 그 존재 자체로 부모의 삶에 바짝 붙어 있는 짐이다.

자녀가 커 가며 부모는 그 짐을 조금씩 내려놓게 되지만 종종 끝끝내 그 무거운 짐을 짊어지고 산다. 다시 물릴 수 없는 짐. 물론, 애초에 나와는 무관한 물건이라는 듯 구석에 휙 던져 두고 돌아서는 이도 있지만 대개 부모에게 자녀는 자신의 삶을 송두리째 바꾸는 짐이 된다. 스스로 기꺼이 맞이한.

부모 또한 자녀에게 짐이 된다. 세상 모든 부모는 좋든 싫든, 의도하든 의도하지 않든, 많든 적든 다양한 모습과 방식으로 자녀에게 걷어 낼 수 없는 그림자를 드리운다. 부모의 슬픔과 고통은 자녀의 슬픔과 고통이 되고, 부모의 불행은 곧 아이의 불행이 된다. 어린 자녀에게 부모는 제 인생의 전부다. 부모의 삶에 아이는 그저 짐이 되어 딱 달라붙어 있는 줄 알았는데, 실은 아이는 아이대로 제 의지와 무관한 삶의 무게를 견디고 있는 중이었다.

　도미에의 그림에서 가장 오랫동안 눈길이 닿는 곳은 여
인과 아이도 짐도 하늘도 아닌, 그것들이 모두 뭉쳐 하나가
된 그림자다. 도미에의 그림자에는 고된 어둠이 있다. 도미
에의 그것을 닮은 그림자를 앞에 두고 우리는, 그날 밤 긴
골목을 서둘러 걸었다.

　그날의 밤, 달빛, 골목길도 모두 사라졌지만, 그날의 기
억과 이미지와 감정은 여태 남아 있다. 가쁜 숨소리, 찬 공
기와 어머니 손에서 전해지는 온기, 달빛의 창백함과 어둠
의 질감까지. 두꺼운 책에 인쇄된 흑백의 이미지가 불러낸
흑백의 밤, 흑백의 기억, 흑백의 슬픔.

아술의
경우

.
.
.

　금요일 늦은 밤 아내와 영화를 보고 돌아오는 길이었다. 거리엔 아무도 없었다. 침묵하는 도로와 가로등 사이를 사람이 타고 있지 않은 것 같은 차들만이 간간이 지나갔다. 봄밤의 포근함이 좋아 천천히 걸었다. 크고 창백한 달도 느릿느릿 따라오고 있었다. 하천을 가로지르는 다리 가운데 잠시 멈춰 바라본 달은 아이가 실수로 놓친 큰 풍선이 수면 위에 떠 있는 것 같았다.

　아내가 서너 걸음 뒤에서 조용히 걷고 있었다. 내가 빠르게 걸은 건 아니었다. 아내와 보폭을 맞추려고 조금씩 느리게 걷고 있다고 생각했는데, 돌아보면 여전히 간격을 유지한 채 서너 걸음 뒤에 있었다. 나를 따라잡으려는 것도 따라오려는 것도 아닌, 나와는 무관한 느릿한 혼자만의 걸음이었다.

어떤 상념에 잠긴 건지, 그저 혼자 걷고 싶은 건지 알 수 없어서, 나는 나대로 그녀의 공간과 내 공간의 간격을 유지하며 천천히 걸었다. 얼마나 걸었을까. 인기척이 느껴지지 않아 돌아보니 아내는 다리 중간에 멈춰 있었다. 난간에 팔을 올린 채, 큰 달에 붙잡힌 듯 서 있었다.

사랑과 죽음에 대해 질문하는 영화 때문인지, 아니면 유난히 밝고 창백한 빛으로 밤그림자를 만드는 달빛 때문인지 알 수 없지만 아내는 한동안 어떤 생각에 머물러 있었다. 평소와 다른 낯선 모습이었다. 아내와 연애하고 함께 살아온 그 긴 시간 동안 어쩌면 처음 보는 아내의 모습일지도 몰랐다.

평소 내가 본 아내는 무언가를 하는 것도, 하지 않는 것도 아닌, 그 경계에 있는 듯한 시간은 없었다. 아내는 항상 무엇인가를 하고 있었다. 다른 무엇인가를 하지 않을 때는 오직 잘잘 때뿐이었다. 그런데 그날따라, 그녀는 온통 달빛으로 번진 하천 가운데 서서 어떤 시간의 경계에 서 있었다.

　아내는 내게 한 번도 해 보지 않은 이야기를 꺼냈다. 아이를 가져 본 적 없는 자신에 대해서였다. 그런 자신이 왠지 불완전한 존재 같다고 했다. '불완전한 존재가 아닌 사람이 과연 있을까. 완전한 존재인 사람이 있기나 할까.'라는 생각이 들었지만, 나는 아내가 말하는 '불완전한 존재'가 그런 문맥에서 하는 말이 아님을 알았다. 한 개체로서, 특히 여성으로서의 생물학적 의미가 포함된 개념인 것 같았다. 아내는 자신의 신체가 꼭 자신만을 위해 발달되고 존재하게 된 것이 아니라는 생각을 하고 있었다. 그러니까 아내는 출산과 아이를 위해 필요한 생리 현상과 신체를 가진 자신이, 그리고 이제 그런 것들이 필요 없어진 자신이 '불완전한 존재' 같다고 말하는 것이었다.

　그녀는 이런 비유를 사용하지 않았지만, 나는 생각했다. 출산과 아이를 위해 한 번도 사용해 본 적 없는, 하지만 평생 함께 존재한 자신의 신체적 능력 일부와 몇몇 생물학적 특징들이, 마치 한 번도 꺼내 보지 않은 채 방 한쪽 구석에 쌓인 선물 꾸러미처럼 느낀 걸까. 나와 달리, 출산이나 아기와 관련해 좀 더 유기적이고 복잡한 생물학적 구조를 가진 아내의 말이, 전부는 아니지만 조금은 이해되었다.

결혼한 지 꽤 오랜 세월이 지난 어느 날 밤, 문득 생각났다는 듯 꺼낸 말치고는 너무 무거웠다. 아내는 나만큼이나 자녀를 키우는 일을 두려워했다. 나도 그랬다. 나와 아내는 나 아닌 존재가 내 삶에 휘몰아쳐 들어오는 사건을 감당할 준비가 안 되어 있었다. 혹은, 그렇게 생각했다. 그 일을 꼭 감내해야 한다는 의지나 열정도 없었다.

결혼 역시 내 삶에 다른 존재가 휘몰아쳐 들어온다는 점에서 출산과 다르지 않았지만, 결혼은 그것만큼 두려운 일이 아니었다. 서로 다른 성격과 세계관과 습관을 가진 두 사람이 만나 함께 사는 것이 쉬운 일은 아니지만, 여러 착오와 대화를 통해 어떻게든 맞춰 살아갈 수 있으니까. 그래도 함께 살아가기 힘들다면, 결혼 이전의 시간으로 되돌릴 수 있으니까. 혼인 정보가 기재된 공적 서류와 크고 작은 상처는 남겠지만, 아무튼 결혼 이전의 시간으로 되돌릴 수는 있다.

출산은 그럴 수 없다. 물리거나 되돌릴 수 없는 사건이다. 간혹 자녀를 유기하는 부모도 있지만 그렇다고 출산이라는 사건과 아이라는 생명 자체까지 유기되는 건 아니다. 새로운 존재와 그 삶이 우리 삶을 밀고 들어오는 이 사건, 아니 사태라고 불릴 만한 이 일을 아내와 나는 두려워했다.

그런 아내가 그런 이야기를 한다는 사실이 의아하기보다는 조금 슬펐다. 우리는 아무튼 '낳는' 존재인 건가, 그렇지 않으면 어떤 결핍을 느낄 수밖에 없는 존재인 건가, 그래서 때론 감당할 수 없는 어떤 모험을 하는 것인가.

"그래봐야 일 년이야. 모험이라고 생각하면 될 것 같아."
"모험?"
"아니면 적어도 기분전환은 될 수 있을 거야."
"기분이 안 좋았어?"

그녀는 나를 보고 한숨을 내쉬었다.

"폴, 부탁이야. 난 이거 해 보고 싶어."

앤드루 포터의 단편 소설 〈아술〉의 한 대목이다. '거의 십
년 동안 아이가 없어서 우리 사이가 소원해진 것 같다고'
아내 캐런이 말하며 일 년 정도 교환 학생을 들이자고 제안
한다. 아내의 부탁을 폴은 거절하지 못한다. 이 소설엔 부
부의 삶에 밀고 들어온 다른 개체가 그들의 삶을 어떻게
바꾸는지, 출산이나 입양도 아닌 교환 학생을 들이는 정도
로도 삶의 방식과 그 방향이 어떻게 달라지는지, 어디로 흘
러가는지, 짧지만 인상 깊게 묘사되어 있다.

교환 학생과 일 년 정도 함께 사는 일을 간단한 모험쯤
으로 생각했던 그들에게, 그것이 그저 간단한 일만은 아니
었다. 그들은 일 년 동안 부모 역할을 하며 겪는 다양한 사
건들, 가령 '임시 자녀'가 동성 친구와 벌이는 애정 관계를
회복하기 위한 일들을, 그들의 집에서 오십여 명 되는 술
취한 십 대들이 벌이는 파티와 그 와중에 벌어지는 사건과
사고들을 아직 감당할 준비가 되어 있지 않았다.

하지만 누군들 감당과 준비가 되어 있을까. 그들이 지난 가을에 장만한 황갈색 가죽 소파에 흘리는 맥주를, 90킬로그램인 (임시) 아들 친구의 무게로 무너지는 앤티크 의자를, 그리고 지난 십 년 동안 그들 월급의 반을 쏟아부은 집에서 일어나는 그 모든 일들을.

아내에게 이 짧은 소설을 권해 줄까 잠시 생각했지만 그렇게 하지 않았다. 아내의 저 감정은 불현듯 닥친 존재에 대한 불안감이나 걱정이 아니라, 무언가 만들어 내지 못한 자신에 대한 공허함이나 어떤 결핍 같은 것일 테니까. 결국 아이를 갖지 않은 우리의 선택이 더 좋은 거였다는, 아니 최소한 그렇게 나쁜 선택은 아니었다는 사실을 옹호하기 위한, 반대 사례로 이 소설을 사용하는 것은 왠지 반칙 같았다.

우리와 유사하지만, 그렇다고 우리가 모든 것을 다 알 수는 없는, '자녀'라는 이름의 새로운 존재가 출현하고, 우리 삶이 예측할 수 없는 시공간으로 어떻게 내던져지는지 압축적으로 보여 주는, 이 짧은 소설을 작은 무기로 아내를 위로하고 싶지 않았다.

결은 다르지만 내게도 아내와 비슷한 어떤 공허와 결핍이 있다. 단지 그런 생각이 들었다. 어떤 새로운 존재가 우리 삶에 파고드는 사태를 감당할 자신이 없는 우리에게 때때로 밀려오는 저 감정은 우리가 감당해야 할 최소한, 어쩌면 최대한의 것이라는 생각이. 그리고 우리는 서로의 공허와 결핍으로 다시 서로를 채워 줄 수밖에 없을 것이라는 생각이.

케빈의
경우

.

.

.

형의 청소년 시절, 어머니와 형은 자주 싸웠다. 모자의 싸움은 내게 다양한 장면을 남겼지만 그중 잊히지 않은 장면이 있다. 거실에서 싸우다가 형이 소리를 지르고 방으로 들어갔고, 어머니는 잠긴 방문을 부술 듯 두드렸다. 싸움의 양상은 점점 거칠어졌고 마침내 어머니는 자세히 기억나지 않는 도구, 아마도 빗자루 같은 것을 들고 방문을 마구 치기 시작했다.

평소에 비교적 점잖으신 어머니였지만, 유독 그날은 부모와 자식 간의 싸움이라기엔 격정적이고 폭력적이었다. 그렇다고 우리 집 풍경으로 아주 어색한 장면도 아니어서, 다만 나는 저 싸움의 불똥이 내 쪽으로 튀지 않기를 바라며 조용히 관망하고 있었다.

문이 거의 부서질 것 같은 지경이 되자 드디어 형이 방문을 열었다. 방에 들어간 어머니는 형에게 침을 뱉었다. 형은 황망히 어머니를 쳐다보았다. 그러고도 어머니는 분이 풀리지 않았는지 무언가 한두 마디 더 내뱉고 방을 나갔다. 자주 종종 소리치는 어머니를 보아 왔지만 누군가에게 침을 뱉는 모습을 본 건 처음이었다.

아니, 나는 어머니가 침을 뱉는 모습 자체를 처음 보았다. 누구에게도 해 보지 않은 행동의 첫 상대가 형이라는 사실에 처음엔 놀랐고 잠시 후엔 서글퍼졌다. 아들에게 침을 뱉은 엄마, 엄마에게 침을 맞은 아들, 그리고 그 장면을 멍하니 목격한 또 다른 아들, 모두에게.

어머니 앞엔 말 잘 듣고 명랑하던 아이는 오간 데 없고, 반항기가 눈에 가득 서린 아이가 서 있었다. 형 앞엔 포근하게 안아 주는 엄마는 오간 데 없고 각종 도구를 들고 분노를 내뿜는 어른이 서 있었다. 사춘기 형은 예전의 아들이 아니었고 사춘기 아들을 둔 어머니는 예전의 엄마가 아니었다. 싸우는 그 순간만큼은 서로에게 자식도 부모도 아닌 것 같았다. 이 아이가 한때 내 안에 품었던 아이라는 사실을, 분노하는 이 어른이 한때 내가 안겼던 엄마라는 사실을 잊은 것 같았다.

기이하고 서글픈 싸움을 앞에 두고 어머니는 어머니대로, 형은 형대로, 나는 나대로 상처를 새기고 있었다. 어디서부터 잘못된 것일까. 단지 어머니와 형에게 성격적 문제가 있는 것일까. 어쩌면 처음부터 무언가 삶의 방식이 잘못 짜였던 걸까. 정도의 차이는 있겠지만 싸우지 않는 가정이 있기나 할까. 그것으로 상처 입지 않은 부모와 자식이 있기나 할까.

세상 모든 이들의 상처와 고통의 원천이 되어 버린 가족. 우리 삶의 행복이나 기쁨의 근원지가 되기보다, 삶의 불행과 고통의 진원지인 경우가 더 빈번한 가족. 왜 가장 원초적이고 근본적인 관계가 가장 고통스러운 관계가 되는 것일까. 단지 서로 너무 가까운 관계이기에 상처 주고 상처받는 것만은 아닌 것 같다. 여기에는 단순하진 않지만 그렇다고 너무 복잡하지도 않은 이유가 있지 않을까.

어려운 질문에 미숙하고 성급한 답을 찾기보다, 던져진 질문을 집요하게 파고드는 또 다른 질문이 그 질문을 구해 내는 경우가 있는데, 슈라이버 라이오넬의 《케빈에 대하여》는 그런 종류의 또 다른 질문이 담긴 소설이다. 이 소설은 우리 시대 가족에 대해, 그리고 한 사람이 다른 사람과 맺는 관계에 대해 잔혹하고 혹독한 질문을 던진다.

평생 여행을 꿈꾸고 여행을 하며, 결국 여행사의 대표가 된 에바. 그녀는 아이 낳기를 썩 원치 않았다. 하지만 문득 아이를 가지고 싶었다. 아이가 자신의 어떤 공허한 구멍과 결핍을 채워 줄 것 같아서였다. 기존의 삶과 다른 새로운 삶이 주는 약간의 긴장도 기대했다. 그녀는 엄마가 되는 걸, '다른 나라 여행 정도'로 생각했다.

아이를 낳았다. 하지만 에바는 자신의 커리어를 잃고 싶지 않았고, 끊임없이 우는 아이를 양육할 인내심이 많은 것도 아니었다. 에바는 아이를 학대하거나 방치하는 엄마는 아니다. 다만 자신의 삶에 밀고 들어온 한 아이를 감당하는 방식이 서툴고, 자신의 감정에 너무 솔직한 엄마일 뿐이었다.

에바가 완전히 무구한 것만은 아니었다. '엄마가 되는 걸 다른 나라 여행 정도로 착각한 것'이 잘못이라면 잘못이었다. 익숙하고 조금은 소원해진 부부 관계에 활력을 줄 새로운 대체품 정도를 찾고 있던 것이 잘못이라면 잘못이었다. 하지만 다소 즉흥적인 임신과 그렇게 낳은 아이를 대단히 열정적으로 돌보지 않았다는 대가로 얻은, 학생 6명과 선생님 한 명, 아버지와 여동생까지 총 9명을 화살로 쏘아 죽인 연쇄 살인마의 엄마라는 표찰은 그녀에게 너무 가혹하다.

아이를 키우며 에바와 같은 감정을 한 번도 느껴 보지 않았다고 누가 말할 수 있을까. 누구나 아이가 최고의 선물이라고 생각하지만, 때론 양육의 과정이 고통이나 시련으로 느껴지기도 하고, 가끔, 혹은 종종 출산을 후회하기도 한다. 특히 예민하고 비대한 자아를 가진 에바 같은 사람에게 갑자기 제 삶에 침범한 아이는 힘겨운 대상이었다.

낮고 그윽한 사려 깊은 목소리 대신 분별없이 질러 대는 높은 고주파 울음이, 지중해의 푸른 바다와 걸어도 걸어도 끝이 없는 광활한 숲 대신 아이의 오물과 낙서로 더럽혀진 거실의 벽이, 미술관과 콘서트홀 대신 레고로 여기저기 어질러진 작은 방이, 먹고 싸고 자는 행위를 감당하는 일로 환원되는 하루의 삶이 힘겨웠던 것이다.

케빈도 커 가며 느낀다. 엄마가 자신을 절실히 원치 않았다는 것을, 그리고 자신보다 무언가 다른 것, 가령 일과 여행 등을 더 중요하게 여긴다는 것을, 엄마가 나름의 방식으로 자신을 위해 애쓰지만 어딘가 그것이 진심 같지 않다는 것을.

극단적으로 울어 대는 아이에게 지친 에바는 드릴 소리와 진동이 울려 대는 공사 현장에 유모차를 세운 채 멍하니 서 있고, 아이는 자신의 유일한 무기인 울음을 힘겹게 선사한다. 그 울음을 무차별인 폭력처럼 느낀 엄마는 또 다른 폭력적인 소리로 그 소리를 가린다.

아이는 커 갈수록 더 영악하게 엄마를 괴롭히고 엄마에

게 아이는 점점 더 견뎌야 할 대상이 되어 간다. 한때 한 몸이었던 엄마와 아이는 각자의 무기를 동원하며 끊임없이 충돌하고, 그 충돌의 강도는 점점 높아 간다.

결국 케빈은 아빠와 동생을 포함해 9명을 살인하고 엄마만을 가족 중 유일한 생존자로 남긴다. 그는 엄마가 그 참상을 고스란히 목격하는 것으로, 엄마를 죽인 자와 죽은 자 사이에서 산 자로 남게 하는 것으로, 최대치의 복수를 선사하고 엄마와의 싸움을 종결지으려 한다.

영화를 먼저 보고 소설을 읽었다. 영화를 보고 나선 미국 중산층 가족의 모습을 통해 (각종 총기 사건으로 대표되는) 미국 사회의 어떤 파국을 그리고 있다고 생각했다. 한 존재의 모든 욕망이 '가족'이라는 시공간으로 수렴되는 자본주의 소비 사회의 핵가족 시스템 안에서 살아가는, 아니 '죽어 가는' 한 가족에 대한 이야기라고 생각했다.

하지만 소설을 읽은 후엔, 보다 근원적으로 한 존재가 다른 존재를 맞이하고 감당하는 방식에 대한 이야기라는 생각이 들었다. 이 소설은 엄마와 자식이라는 지극히 자연스럽고 흔한, 그래서 특별할 것 없어 보이는 그 관계성이 가지고 있는 숨겨진, 그리고 가려진 무게와 밀도에 대해 세세히 서술하는 긴 독백이라는 생각이 들었다.

그러한 리스트를 써 본 적은 없지만, 만약 아이를 낳지 않아야 할 이유에 대해 열 가지를 써 본다면, 어떤 항목으로 채울 수 있을까. '사회생활과 경력의 단절', '부담되는 양육비와 교육비', '부부의 기존 생활 방식과 리듬의 급격한 변화', '지구에 과도한 부담을 주는 개체의 번식 활동' 등 이런저런 항목을 열 개쯤 쓰는 건 어려운 일이 아니다.

그런데 누구도 그 열 가지 항목 중 '내 아이가 범죄자나 연쇄 살인범이 될 가능성'이라는 항목을 쓰는 사람은 없을 것이다. 세상에는 여전히 사람에 의한 다양한 불의와 사건사고가 많이 일어나지만, 아이를 출산하는 사람들은 그 일들이 내 아이와 무관하다고 생각하거나 애초에 그 일들이 벌어질 가능성조차 생각하지 않는다. 그런 의미에서 세상의 모든 부모는 용감하거나 무모하고, 혹은 낙관적이다.

자신이 만들었지만 자신은 아닌, 그리고 끝내 자신의 소유를 주장할 수 없는 존재, 반대로 자신을 만들었지만 자신은 아닌, 그렇다고 끝내 자신과 전혀 무관하다고 주장할 수는 없는 존재인 자녀. 그 부모와 자식이라는 관계, 특히 어머니와 자식이라는 관계는 그 출발부터 가장 증폭된 사랑과 애정과 욕망과 분노와 갈등을 가득 품고 있다. 한 명의 아이를 낳는 건 아이 한 명이 아니라, 그 아이와 맺은 관계를 통해 생겨날 수백수천 가지의 사건과 감정을 미리 낳는 일이다. 그 사건과 감정을 감당할, 혹은 감내할 어떤 공부도 해 보지 못한 채 부모는 아이를 낳는다.

어머니에게 형은 첫 번째 수업이었다. 옹색한 살림과 헌 옷가지가 걸린 교실에 선생님도 없이 혼자 덩그러니 앉아 수업을 받는 학생이었다. 아이를 낳는 일도 양육하는 일도 모두 첫 수업인 이 학생은 하루하루 새로운 시험지 앞에 앉아 있었다. 몇 년 후, 한 번 시험을 쳐 봐서 조금은 여유가 생긴 것이었을까. 어머니는 형보다 내게 더 관대했다.

그건 형보다 나를 더 예뻐해서가 아니라, 내가 사춘기가 될 무렵 어머니는 이제 싸울 힘이 얼마 남지 않았던 것이다. 아버지와 형, 그리고 나, 이 세 남자와 다른 양상의 다채로운 싸움을 거치며 어머니는 거듭 소진되어 갔다. 막내에게 관대해지는 것은 지친 자신에게 관대해지는 한 방식이기도 했다.

　몇 년 전, 손자를 봐주며 형과 함께 사시던 어머니는 뒤늦은 독립을 선언하셨다. 외할머니가 돌아가시고 나서였다. 옛날 사람들이 흔히 그렇듯 어머니도 평생 누군가와 함께 거주하며 살았다. 결혼 전에는 젊은 날에 홀로되신 엄마와 결혼 후에는 남편과 아들 둘과 살았고, 노년에는 큰아들 집에서 손자를 봐주면서 20년 동안 함께 지냈다. 삶의 많은 시간을 싸우고 소리치고 분노하고 좌절하는 데 할애한 어머니. 어머니가 처음으로 혼자 살게 된 것이다. 이제 뒤늦은 독립을 한 어머니는 자신의 생에서 가장 차분하고 정적인 시간을 보내고 있을까.

　형과 어머니가 함께 사는 시기에는 자주 싸웠고 서로에게 많은 상처를 줬지만, 평소 어머니는 나보다 형을 훨씬 더 많이 걱정한다. 그리고 형은 나보다 어머니에게 더 많이 안부 전화를 걸거나 문자를 보내곤 한다. 어머니는 난처한 일이 생기면 형에게 먼저 연락하고, 형은 다른 일 제쳐 두고 그 일을 먼저 살펴본다.

나와 달리 추운 계절에 태어난 형. 12월 추운 날 형의 생일이 되면, 내 생일에도 그랬지만 형보다 어머니가 생각난다. 한 해의 마지막 달, 길고 추운 겨울밤 첫아이를 낳았다. 임신도 출산도 모두 처음 경험한 일이어서 모든 게 낯설었다. 태어난 아이도 낯선 세상이어서 하염없이 울었다.

그 울음 가운데 생각했다. 내 몸 안에서 수많은 우연의 순간을 거쳐 생성된 이 존재가, 짧지 않은 시간 동안 이 작은 존재가 내 몸 안에서 살았다는 사실이, 그리고 결국 내 몸 밖으로 나와서 나와 얼굴을 마주한다는 사실이 감격스러웠지만 동시에 걱정스러웠다. 내가 잘 키울 수 있을까. 그해의 첫눈은 아니지만, 때마침 눈이 내렸다. 세상이 고요해진 것 같았고 아이의 울음도 어느새 고요히 그쳤다.

그렇게
아버지가 된다

·
·
·

아내와 내가 아이를 낳지 않겠다고 어떤 합의를 본 건 아니다. 막연히 언젠가 낳겠다고 생각한 것도 아니다. 연애 시절, 결혼하더라도 아이를 가지지 않겠다는 생각을 했지만, 출산도 비출산도 당위처럼 생각하지 않았다. 아내의 생각도 다르지 않았다. 우리는 꽤 오랫동안 자연스럽게 아이 없는 삶을 살고 있다.

어떤 결정을 하게 된 동기나 계기가 하나일 수 있어도 그 결정을 지속적으로 끌고 가는 힘은 한 가지 때문만이 아니다. 무언가를 결심하는 건 한 순간이어도 그 결심을 지속하는 것은 매 순간이다. 아이를 갖지 않겠다는 생각은 청소년 시절부터 막연히 가지고 있었다. 나이를 먹어 가면서, 결혼과 출산이 내 삶과 거리를 좁혀 오자 그 생각도 내게 바싹 다가왔다. 선명해진 생각의 테두리엔 아버지가 보여 준 삶의 태도가 가장 크고 깊게 새겨 있었다.

아버지의 삶과 행적에 대해 상술할 생각은 없다. 이제는 노년 세대가 되어 버린, 흔한 근대화 세대의 가(夫)장일 뿐이었다. 생활비를 가져와 가족을 부양할 의지는 없지만 가부장의 권위는 지니고 싶던, 가족보다 친구들과 어울려 놀기 좋아했던, 그 시대에 비교적 흔한 남성이었다. 한국이 개발도상국이었던 시절, 그런 남성들이 보편적인 아버지상(想)까지는 아닐지 몰라도, 대단히 특이한 유형 또한 아니었다.

아버지는 내게 반면교사였다. 청소년 시절, 아버지로 인해 크고 작은 사건이 터질 때마다, 아버지의 즐거움이 어머니의 고통과 맞바꿔질 때마다, 아버지가 우리 삶에 남긴 것이 헤어날 수 없는 구멍이라고 느낄 때마다, 나는 아버지 같은 아버지가 되지 않겠다고 다짐했다. 그리고 어느 순간 부턴가 나는 '~ 같은 아버지'가 아니라, '아버지'가 되지 않 겠다는 생각을 하게 되었다. '~ 같은 아버지'가 되지 않는 가장 확실한 방법은 '아버지'가 되지 않는 것이니까. 그건 실패할 수 없는 방법이다.

하지만 그것은 동시에 몇 가지 부재를 얻는 방법이기도 하다. 아이를 낳지 않는 일은 아이의 부재만을 의미하는 것 이 아니다. 그 일은 여러 정체성 중 가장 중요한 것이 될 수 도 있었을, 아버지로 호명되는 정체성과 세계가 영원히 내 게 부재하는 것을 의미한다. 세상에 태어난 수많은 사람들 이 경험하는 아버지라는 정체성과 세계를 나는 경험할 수 없고, 나라는 존재가 또 다른 존재를 통해 확장되는 신비 를 경험할 수 없다.

고등학생 때였다. 한번은 아버지가 화를 내며, "네가 어 디서 나온 줄 알아!"라며 훈계하셨다. 앞뒤 사건이 잘 기억 나지 않지만, 그 말만큼은 또렷이 기억난다. 아버지는 평소 에 우리(나와 형)에게 별로 화내시지 않았다. 실은 우리에게 화낼 겨를이 없으셨다. 평일이든 주말이든, 아내와 자녀랑 함께 시간을 보낸다는 것이 지루하거나 불편한 일이라고 생각한 것인지, 아니면 부당한 일이라고 생각한 것인지 모르겠지만, 아버지는 가족 구성원으로 마땅히 맺어야 할 행동 양식과 정서적 유대에 무심했다. 그러니 우리 집에서는 아버지가 혼낼 일도, 아버지에게 혼날 일도 없었다. 아버지는 안타깝게도 자신이 얻은 것을 소중하게 여길 줄도 사랑할 줄도 몰랐다. 그저 자신만을 사랑했던 것일까.

'네가 어디서 나온 줄 알아'라는 질문 아닌 질문이 한동안 내게 떠나지 않았다. 아마 아버지는 명확한 대답을 알고 계셨던 것 같았다. 당신의 유전자에서 내가 왔다고. 내 근원인 당신이기에 아무튼 자식인 넌 감사해야 마땅하다고. 어느 날, 다시 큰 '사고를 치고' 집에 들어온 아버지에게 반감을 드러낸 십 대의 내게, 아버지는 꼼짝할 수 없는 무기와 권위를 내세우고 싶으셨던 것이다.

하지만 안타깝게도 나는 나라는 존재가 아버지로부터 왔다는 사실이 감사한 일이라는 생각이 들지 않았다. 감사라는 감정은 보통 선의, 호의, 배려, 희생 같은 태도에서 비롯된다. 조금 냉정하게 말하자면, 아버지가 나라는 존재를 위해 들인 품은 아주 '짧은 쾌감' 한 순간이었다. 감사하고 싶었지만, 한 개체의 짧은 쾌감에 왜 감사해야 하는지 도무지 알 수 없었다. 이로써 부재 한 가지가 더 생겼다. 감사할 수 있는 아버지의 부재가.

사별 같은 근원적 부재는 대상을 그립게 만들지만, 무관심과 무책임으로 인한 부재는 대상을 부인하게 만든다. 존재하지만 부재하는 아버지(와 그의 삶)에 대해 숙고하게 했다. 그렇게 쌓여 가는 여러 겹의 생각이 '아버지가 되는 일'을 더 어려운 것으로 만들었다. 그러니까, 근원적 부재가 아닌 존재하지만 부재하는 아버지의 존재가 나를 두렵게 했다.

혹시나 내가 나도 모르게, 아버지 같은 아버지가 되면 어쩌지, 그래서 내 아이가 나와 같은 감정을 느끼며 살아가면 어쩌지, 라는 생각을 하곤 했다. 어린 시절 가족이라는 공동체에서 느낀 혼돈과 절망과 고통을 나 아닌 다른 개체에게 전해 주고 싶지 않았다. 나는 그렇게 아버지가 되지 않았다. 그럼에도 나는 아버지가 된다는 것에 대해 어쩌면 아버지가 된 이들보다 더 많은 생각을 했다. 아버지가 된다는 건 어떤 것일까.

가족의 의미에 대해 꾸준히 질문을 던진 고레에다 히로카즈 감독. 그의 작품 중 《그렇게 아버지가 된다》는 각별히 '아버지가 되는' 일에 대해 차분히 보여 주는 영화다. 모든 일에 자신감이 넘치고 자존심이 강한 아빠 료타. 내성적이고 욕심이 없는 소심한 아들 케이타. 아빠는 자신의 기질과 닮지 않은 그런 아들이 어딘가 아쉽다.

그러다 알게 된다. 실은 케이타가 산부인과의 실수로 원래 자신의 아이와 뒤바뀐 다른 부부의 아이라는 것을, 자신의 친자는 지방 소도시에서 전파상을 운영하는 소박한 가정에서 자라고 있다는 것을. 어렵게 만난 두 가정은 서로의 아이, 그러니까 사고가 아니었다면 본래 자신들의 자녀였을 아이와 얼마간 함께 지내보기로 한다.

일류 대학을 나와 성공한 건축가로 도쿄의 전망 좋은 고급 맨션에서 살고 있는 료타의 생각은 명확하다. 만약 아이들이 본래 부모에게 잘 적응해 생활할 수 있다면 애초의 잘못을 바로잡을 수 있을 거라고. 어쩌면 자신 인생의 최대 실수(혹은 실패)가 될지도 모를 남의 집 아이 케이타 대신, 자신의 유전자가 전해진 아이를 데려오면 자신의 유일한 오점을 바로잡을 수 있지도 모른다고.

하지만 아내 미도리는 확신이 없다. 자신의 몸으로 낳은 아이가 본래 자신의 아이인 것은 맞지만, 그렇다고 자신의 아이로 알고 6년간 키운 아이가 갑자기 다른 집 아이가 되는 건 아니기 때문이다. 그녀는 오배송된 상품을 교환하듯, 아이를 교환할 수 없다.

두 가족은 시험 삼아 아이들을 친부모의 집에서 생활해 보기로 한다. 하지만 료타의 유전 정보가 담겨 있는 류세이는 좋은 간식과 멋진 전망이 있는 집에서, 그리고 각종 생활 규칙은 있지만, 같이 놀아 줄 아빠와 동생은 없는 집에서 지내기가 힘들다. 결국 류세이는 가출을 하고 본래 자신의 집이라고 생각하는 곳으로 돌아간다. 그곳엔 함께 놀고 이야기 나눌 수 있는 아빠와 동생이 있다. 케이타 역시 엄마 아빠가 없어 외롭지만 잘 놀아 주는 친부 유다이와 식구들 때문에 조금씩 그 집에 적응해 간다.

료타는 가출한 친자 류세이를 다시 데려오고 같이 놀아 주기 위해 애쓰지만 류세이는 자신을 키워 준 유다이의 집으로 다시 가고 싶다. 결국 료타와 미도리는 류세이를 유다이의 집에 보낸다. 그리고 다시 만난, 피는 전해 주지 못했지만 6년간 함께 산 케이타를 데려오려고 한다. 하지만 상처받은 케이타는 료타를 보고 도망친다. 그리고 두 갈래 오솔길을 나란히 뛰던 아빠와 아들은 결국 한길에서 만난다. 그 길 위에서 아빠는 울며 아이에게 한 번도 건네 본 적 없는 사과와 진심 어린 포옹을 한다.

고레에다 히로카즈 감독은 자신의 책에서 이 영화에 대해 언급하며, 부모와 아이를 이어 주는 것은 '피'가 아니라 '시간'이라고 말한다. 아이를 낳았기 때문에 아버지가 되는 것이 아니다. 아버지라는 자격은 유전 정보로 얻는 것이 아니라 아이의 기쁨과 슬픔, 소망과 절망에 대해 자신의 시간을 얼마나 많이 내어 주었는가에 있다. 아버지가 되는 일은 그런 것이다. 그 시간을 관통해야 아이에게 아버지의

'피'가 아닌 아버지의 '시간'이 흐르고, 그제야 그렇게 아버지가 된다.

'아버지'라는 이름은 쉽게 얻지 못한다. 눈매와 목소리와 생활 습관 몇 가지가 자녀에게 전해질 수 있어도, 그 몇 개의 유전형질로 아버지라는 이름과 세상을 얻는 건 아니다. 아버지라는 세상을 살며 아버지는 아버지 역할에 실수할 수 있고, 때로 아버지라는 역할을 위해 옳지 못한 일에 휘말릴 수도 있다. 하지만 아버지로서 아무 일도 하지 않는 건 다른 차원의 일이다.

열 달 동안 아이를 품고 제 몸과 연결된 아이를 고통스럽게 세상에 내어놓는 어머니는 사정이 또 다르다. 설사 자녀에게 무심한 어머니일지라도, 생물학적 '어미'는 최소한 우리를 열 달 동안 품고, 마침내 고통을 감내하며 출산한다. 아버지에겐 그런 시간이 없다. 그래서 다른 시간이 요구된다. '피'는 '짧은 쾌락'으로 전해 줄 수 있지만, 아버지의 '시간'은 '긴 감당과 어떤 노력'이 요구된다. 아버지의 것이 전달된다면, 그건 따갑지만 포근했던 아버지의 수염과 아버지와 함께 보낸 시간을 통해서다.

내 생물학적 아버지에게는 자녀가 있지만 그는 막상 아버지라는 세상에 거주해 본 경험이 없다. 나는 나대로 자녀가 없어서 아버지라는 세상에서 살아 본 적이 없다. 각자 다른 길을 걸었지만 결국 우리는 같은 부재를 경험하며 산 것이다. 그러므로 아버지와 같은 아버지가 되지 않기로 했지만, 결국 나는 아버지가 되지 못한 아버지를 닮고 만 셈이다. 다른 삶을 살아온 두 갈래 길 끝에서, 아버지의 부재와 내 부재가 서글프게 만난다.

부모님,
당신을 고발합니다

.

.

.

사람들은 자녀를 낳는 일에 대해서, 특히 타인의 출산에 관해서는 이상하게 관대하다. "일단 낳으면 다 알아서 커.", "너무 걱정 마, 그렇게 하나하나 걱정하면 누가 애 낳고 살아.", "다들 낳는데, 왜 너희들은 낳지 않니?", "한 명이라도 낳아야지, 어떻게 아이 없이 살려고 그러니?"

아내와 결혼하고 10년이 지났을 무렵에도 어머니와 장모님, 그리고 가까운 친척 어른들은 우리(아내와 나)를 만나거나 우리와 통화할 때마다 이런 종류의 말을 툭툭 내어놓으셨다. 심지어 그분들은 "내가 키워 줄 테니 낳아라."라는 말을 하기도 했다.

이런 말을 하시는 그분들께 정색하며 묻고 싶었다.

"정말 그 아이의 생을 감당하시겠어요?"

물론 묻지 않았다. 그분들이 원하신 건 마음껏 예뻐할 수 있지만 부양의 직접적인 책임에선 자유로운, 귀엽고 사랑스런 존재라는 것을 모르지 않았다. 부모님을 만나는 일도 친척 어른을 찾아가는 일도 점점 부담스러워졌다. 어느 철학자의 표현처럼, 가족 관계에 대한 '마음의 최소주의' 같은 것이 생겼다고 할까.

요즘 세대가 자녀를 낳지 않는 이유에 대해 사람들과 미디어는 교육비와 양육비, 그리고 주거비용 등, 경제적으로 감당하기 힘든 육아 환경 때문이라고 말하고는 한다. 그런 면도 있겠지만, 왠지 그건 반쪽짜리 설명 같다.

왜 경제적으로 더 어려웠던 시절의 사람들이 출산에 주저하지 않았고, 왜 사회보장제도와 평균 수입이 높은 나라들보다 훨씬 더 열악한 조건에 처한 저개발 국가들의 출산율이 높은지, 왜 '저출산 (해결) 정책'이 다소 성공했다고 평가받는 북유럽의 몇몇 국가들의 출산율 역시 저소득 국가의 출산 수준에는 한참 못 미치는지, 저출산 문제는 경제적/비용적 측면만으로 충분히 해명할 수 없다.

좋은 육아 환경을 갖춘 부유한 국가들이 그렇지 못한 국가들보다 대개 더 낮은 출산율을 가진다는 사실은 저출산의 근본적인 이유가 실은 다른 데에 있다는 것을 말한다. 경제적 사정처럼 보이지만, 여성을 포함한 사회 구성원의 높은 교육 수준, 여성의 직업 활동 확대, 높아진 윤리 의식과 환경 의식, 변화된 성 역할 등과 같은 변화된 사회 문화적 사정이 점차 아이를 쉽게 낳지 못하게 만든 것은 아닐까. 그런 의미에서 세상이 살기 좋아질수록 출산율은 낮아진다.

필요한 양육 조건이나 환경을 갖추지 않고 반려동물을 입양하는 것에 대해 요즘 사람들은 비판적이다. 사람을 입양하는 것은 더 엄격하다. 그런데 왜 출산에 대해서는 관대할까. 반려견이나 아기가 유기되거나 파양당하지 않도록 입양을 신중하게 결정해야 하는 것처럼, 출산의 결정도 최소한 그것들과 같은 무게로 신중해야 하는 것은 아닐까.

세상에 내던져진 생명에 대한 책임감과 한 생명체가 맞이할 행복과 감당할 고통에 대해 여러 번 숙고하고 주저하는 것은 당연한 일이다. 반려동물과 아이를 입양하는 것과 같은 무게로, 혹은 그보다 더 신중하게 출산을 선택하고 엄격하게 결정해야 한다고 생각하는 사람들이 예전보다 많이 늘어난 것, 심지어 이제 우리 세상에선 어떤 출산과 어떤 양육이 때론 범죄가 될 수 있다는 사실을 알기에 옛 시대와 달리 출산이 더 어려워진 건 아닐까.

자녀를 낳는 일이 범죄가 될 수 있을까? 결론부터 말하면, 나는 그 일이 때론 범죄가 될 수 있다고 생각한다. 현행법상 규정은 없지만, 자녀를 함부로 낳고 제대로 양육하지 않는 일이 왜 범죄가 될 수 있는지 영화 〈가버나움〉은 잘 보여 준다.

레바논에 사는 12살(로 추측되는) 소년 '자인'. 생계와 자녀의 양육을 책임지지 않는 부모 아래에서 살아가는 자인은 스스로 살아가는/살아남는 방법을 터득해야 한다. 자인은 가짜 처방전으로 약을 구하고 그것을 약물 중독자들에게 되팔아 생계를 이어 가고 동생들을 돌본다.

그런 자인이 어느 날 부모님과 싸우고 돈을 벌기 위해 가출하지만, 또래보다 체구가 작은 12살짜리 아이가 할 수 있는 일은 많지 않다. 자인은 집에 잠시 온 사이, 가족 중 유일하게 감정을 나누는 여동생이 집주인 아저씨 아사드에게 팔려 시집가고 바로 임신한 사실을 알게 된다. 그리고 너무 이른 그 임신이 어린 동생의 목숨을 가져간 사실도 알게 된다. 자인은 건물주 아저씨 아사드를 칼로 찌른다. 그 일로 그가 죽지는 않지만 심각한 상해를 입고 자인은 소년감옥에 갇힌다.

얼마 후, 우연히 라디오 방송국에서 자인을 인터뷰하고 그의 억울한 사정이 법정에서 공개된다. 그리고 그 법정에서 자인은 부모가 또 아이를 낳을 거라는 사실을 알게 된다. 자인은 자신의 범죄에 대한 항변보다, 자신같이 학대당하는 아이가 없게, 방치되는 아이가 생기지 않게, 그래서 고통받는 아이가 생겨나지 않게, 죄인으로 선 그 아이는 제발 부모의 출산을 막아 달라고 법정에 호소한다. 그리고 부모를 고발한다.

야생의 동물이든 도시의 인간이든, 한 개체가 태어난다는 것은 그 개체가 낯설고 위협적인 시공간에 내던져지는 일이다. 일정 기간 동안 합당한 보살핌을 받지 못하면 그 개체는 살아날 수 없다. 정신적, 신체적으로 세상을 감당할 능력이 없는 연약한 개체에게 유전자를 물려준 성숙한 개체의 적극적인 돌봄은 선택이 아닌 필수다. 그렇기에 그 일을 소홀히 하는 것, 그 일을 방관하는 것은 현행법으로도 범죄가 된다.

하지만 사회적으로 공분을 살만한 아이의 학대나 방치가 아닌 이상, 사적 영역에 속하는 이 일을 사법 당국이 정확히 파악하기가 어렵고 은밀한 그 범죄를 찾아내는 일도 쉽지 않다. 또 부모가 평생 자녀 양육에 무관심했다 한들, 아버지나 어머니를 고발할 수 있는 사람은 많지 않다. 그러나 고발당하지 않았다고 해서 그들에게 잘못이 없는 건 아니다.

어쩌면 출산을 계획하는 예비 부모에 대해서도 어떤 기준이나 심사 같은 것이 필요한 건 아닐까. 이런 생각은 어떤 디스토피아를 배경으로 하는 영화나 소설을 떠오르게 한다. 가령, 함부로 아이를 낳지 못하는 어떤 세상, 엄격한 심사와 기준에 도달하지 못하면 출산하지 못하는 그런 사회, 낳은 아이를 엄격한 기준에 맞춰 양육하지 못할 때 가차 없이 그 양육권을 빼앗는 사회, 그리고 그런 억압과 규제를 피해 아이를 몰래 낳고 키우는 사람들이 사는 세상 같은 것들이 말이다.

이런 세상을 누구도 바라지 않는다. 자녀를 출산하는 일은 자유 의지에 따른 개인의 선택이고 그건 마땅히 존중받아 마땅하다. 하지만 자녀를 방치하거나 제대로 양육하지 않는 일마저 개인의 선택이나 사적인 문제로 다뤄야 하는 것은 아니다.

열 살 소년 자인의 고발이 무모하거나 부당한 것이 아니라면, 우리의 출산을 그저 자연스러운 일로만 여길 수 없다. 자연의 번식 활동은 말 그대로 '자연'스러운 것이고 본

능적인 것이지만 그렇다고 인간의 번식 활동까지 꼭 그래야 하는 건 아니다. 오히려 출산을 자연스러운 인간 행위로 보는 관습적인 생각 때문에 자녀에 대한 책임감이나 장기적인 계획 없이도 남녀가 결혼을 하면 비교적 쉽게(혹은 당연하게) 출산을 하는 것은 아닐까.

철학자 아감벤의 말처럼, 불꽃은 불타는 것을 스스로 그만둘 수 없지만 인간은 자신의 행위를 멈추거나 스스로 하지 않을 수 있다. 지구와 인간을 포함한 모든 존재에게 큰 영향을 미치는 출산에 대해, 그리고 무엇보다 태어날 생명체에게 기쁨과 행복과 슬픔과 고통을 안겨 줄, 바로 그 출산에 대해 우리가 더 고심하고 주저하고 신중해야 하는 것은 당연하다.

"아이를 낳으면 어떨까?"

언젠가 주변 어른들로부터 출산의 강권을 나보다 심하게 받던 아내가 무심한 말투로 말했다. 아이를 낳고 싶다거나, 낳아도 괜찮을 것 같다는 식의 말투는 아니었다. 그렇다고 정말 궁금해서 묻는 질문도 아니었다. 그 질문에 답해 줄 수 있는 이는 아이를 낳지 않기로 결정하고 함께 살고 있는 나 같은 사람이 아니라, 대부분의 세상 사람들처럼 아이를 낳은 형제나 주변 친구들이기 때문이다.

　그래도 나는 대답해야 할 것 같았다. 사람이 사람을 만들어 내는 일은 가장 흔하지만 신비로운 일이고 그 무엇보다 행복하지만 실은 그 무엇보다 두려운 일일 것 같다는 대답을.

하지 않은 세계

2부

동물과 사람

달리기의
시간

-
-
-

본능적 욕구를 적극적으로 표현하는 어떤 개체와 공간과 시간을 함께 점유하며 생활하게 된다는 것, 그리고 항상 그 개체의 요구와 욕구에 대기하고 있어야 한다는 점, 특히 그러한 존재와 함께 사는 일이 힘들다고 중간에 그 일을 함부로 물릴 수 없다는 점 때문에 나와 아내는 우리 외에 다른 존재를 들이는 것에 대해 언제나 주저했다. 그건 일종의 조심성일 수도 있고 혹은 자신 없음일 수도 있었다. 그리고 그 다른 존재가 꼭 아이나 자녀만을 의미하는 건 아니었다.

초등학교 4학년 때였다. 나른한 봄에 조금씩 밀려 도달한 초여름 어느 날, 어머니는 어디선가 태어난 지 서너 달 된 강아지를 데리고 왔다. 연한 황갈색 털에 주둥이가 검은, 귀가 순하게 접힌 믹스견이었다. 아직 어리다고 생각해서일까, 아님 이 집에서 적응할 약간의 시간이 필요하다는 생각에서일까, 강아지는 이틀 정도 집 안, 그러니까 마루에서 함께 지냈다. 그러고는 곧 마당으로 보내졌다.

강아지는 현관문 앞에서 밤새도록 낑낑거리는 소리를 냈다. 작지 않은 그 소리를 우리 가족은 모른 척했다. 몇 시간이 지난 후, 체념한 걸까 아니면 잠든 걸까. 소리가 잦아들었다. 잠이 잘 오지 않았다. 궁금한 마음에 나가 보았다. 인기척에 작은 개집 안에 있던 강아지가 뛰어나왔다.

강아지를 어떻게 대해야 할지 잘 알지 못한 나는 어색하게 머리를 두어 번 쓰다듬고 이내 집 안으로 들어갔다. 강아지는 다시 현관문 앞에서 낑낑대는 소리를 냈지만 금세 잠잠해졌다. 이 집에 나보다 더 어린 존재가 생겼다는 사실이 조금은 낯설고 신기했다. 아침에 눈을 뜨자마자 마당에 나가 보니 강아지가 쇠목줄에 묶여 있었다.

어머니가 무슨 생각으로 강아지를 데려온 건지 알 수 없었다. 딱히 동물을 좋아하는 것도 아니었고 나와 형이 강아지를 키우자고 조른 적도 없었다. '애완'동물이 필요했던 걸까, 아니면 집 지키는 동물이 필요했던 걸까? 어쨌든 확실한 건 감히 그 강아지 이름 앞에 '반려'라는 수식을 붙일 수는 없다는 점이었다.

'반려', 정치적 올바름의 표현으로 사용되는 '반려동물'이라는 용어는 영어의 'companion animal'과 대응하는 단어이고, '컴패니언(companion)'이라는 단어는 "빵을 함께하다"라는 라틴어의 '쿰 파니스(cum panis)'에서 왔다. 식사 빵의 일종인 '깜빠뉴'도 물론 저 단어에서 파생되었다.

그는 우리 식구가 먹고 남긴 음식물 찌꺼기를 먹었다. 문자적 의미에서 그도 어쩌면 '반려동물'이었을지도 몰랐다. 하지만 그는 2미터 남짓의 목줄에 매달린 채 자신의 짧은 삶을 살았다. 그의 삶은 반려가 아니었다. 그렇다고 그를 키운 방식이 사육이나 양육도 아니었다. 당시에는 너무 무지하고 무감해서 인지하지 못했지만 돌이켜 생각하면, 그것은 감금 혹은 고문의 한 방식이었다.

어쩌다 목줄을 풀어 주면 정신없이 좁은 마당을 빙빙 돌았다. 다른 행동은 아무것도 하지 않았다. 잠시 서 있거나 앉아 있지도 않았고 내게 다가와서 꼬리를 흔들거나 먹을 걸 달라고도 하지 않았다. 그런 것들은 묶여 있을 때도 얼마든지 가능한 일이었으니까. 그는 다른 건 아무것도 신경 쓰지 않고 귀를 날리면서 전력으로 달리고 달리고 또 달렸다. 진심으로 달리는 것 같았다. 가로세로 5제곱미터 남짓의 마당에서 잡다한 세간을 피해 빙빙 돌며 달렸다.

나와 형은 미친 거 같다며 강아지를 놀렸지만, 그는 아마 정말 미쳤을 터였다. 뛰는 것이 특기인 동물을 평생 묶어 두고 키웠으니 미치지 않을 리 없었다. 달리고 싶었던 수많은 나날들, 하지만 묶여 있던 대부분의 나날들. 달리고 또 달리며 묶여 있던 나날의 고통과 절망을 떨쳐 내듯, 그리고 또 언제 올지 알 수 없는 이 절망적인 자유를 힘껏 누리며, 달리고 또 달렸다.

어쩌다 한 번씩 목줄을 풀어 주었지만, 대개는 목줄에 묶인 채, 그는 어린 시절의 나와 2년 정도를 함께 보냈다. 그리고 그는 사라졌다.

그해도 여름이 막 도착한 때였다. 나는 하교 후 가방을 대충 던져 놓고 시원한 수박을 꺼내 먹었다. 마당으로 난 문을 활짝 열어 놓은 마루에 한동안 누워 있었다. 그런데 어딘가 허전했다. 무심코 마당을 봤고 하수구 옆 개집 앞에 쇠목줄이 풀린 채로 놓여 있었다. 마당으로 내려가 개집 안을 들여다보았다. 땟국물에 찌든 뜯어진 헝겊 쪼가리만 놓여 있었다.

혹시 목줄이 풀려서 집 안, 혹은 집 밖을 돌아다니고 있을지도 모른다는 생각을 잠시 했지만 더운 날씨를 순간적으로 서늘하게 만드는 이 적막은 왠지 다른 일을 암시하는 것 같았다. 내가 학교 간 사이, 어머니는 그를 개장수에게 팔았다. 여름이 시작되고 한낮의 태양이 꽤 뜨겁게 느껴지는 때부터 개장수의 '개 파쇼'라는 목소리는 빈번하게 들리기 시작했다. 몇 차례 고민하던 어머니는 골목을 가로질러 가는 개장수를 불러 세웠다.

어머니는 하교한 내게 강아지가 안방까지 뛰어 들어와 눈물을 글썽였다는 이야기를 슬픈 어조로 말씀하셨다. 강아지를 식용으로 유통할 개장수에게 팔아 버린 어머니의 행동과 비극적인 서사를 전하는 어머니의 슬픈 어조에서 묘한 이질감을 느꼈지만, 어머니가 위선적이라는 생각이 들지는 않았다. 강아지를 시가 20만 원에 처분한 어머니에게 그는 조금 불쌍한 가축 이상은 아니었던 것 같다. 나 역시 불쌍하다는 생각이 잠시 들었지만 많이 슬픈 건 아니었다. 정서적, 신체적 교감을 별로 나누지 못했기 때문일까.

그런데도 오랜 세월이 지난 지금까지, 나는 그 강아지와 그 삶이 종종 생각난다. 가장 가슴 아픈 건 그가 어떻게 죽었는가가 아니다. 그가 어떻게 살았는가다.

그는 우리에게 '애완(愛玩)'도 아니었고 '반려(伴侶)'는 더욱 아니었다. 고통스러운 방식으로 사육하고 식용으로 처분한 대상이었다. 우리 집 식구의 잔반을 처리하며 사룟값도 들이지 않고 토실토실 키운 뒤, 누군가의 입에 들어가기 위한 용도로 헐값에 팔아 치운 가축이었다. 꼬리를 흔들고 눈을 맞출 줄 아는 존재에게 한 일이 고작 그런 일이었다. 아니, '고작'이 아니다. 그런 존재에게 한 일이 '무려' 그런 일이었다. 그것이 어떤 일인지도 모른 채.

강아지가 없어진 마당은 휑했다. 다들 바쁘거나 아니면 단지 게을러서 그랬겠지만, 한동안 아무도 개집도 목줄도 치우지 않았다. 나는 주인 없는 이 허름하고 낡은 것들이 보기 싫었다. 마당에 나가 여전히 개집 안에 있는 이불 쪼가리를 꺼냈다. 아주 오래된 것의 냄새가 났다. 마치 내가 태어나기 전부터 존재했을 것 같은 그런 냄새였다. 냄새나는 그것을 쓰레기통에 버리고, 크지 않은 개집을 마당 구석과 벽 사이에 난 어두운 통로에 던졌다. 함부로 찌그러진 밥통도 같이 던져 버렸다.

　내가 마당을 나가거나 밥을 줄 때마다 팽팽하게 당겨지던 목줄은 마치 누군가 흘린 소지품처럼 힘없이 마당에 놓여 있었다. 멍하니 그 목줄을 보고 있으려니 허전하다는 말로 다 표현할 수 없는 어떤 감정이 몰려왔다. 그때 나는 어렸지만 직감했을지도 모르겠다. 이 마당의 풍경이, 이 목줄이, 그와의 짧은 만남이 내 삶과 평생 이어지게 될 장면이라는 것을, 그는 사라졌지만 그의 달리기는 내게 온전히 남아 나를 가두고 당길 것이라는 것을.

노찬성과
에반

．

．

．

　기상과 취침 시간, 먹는 음식 종류나 스타일, 청소와 집
정리의 방식, 평일과 주말을 보내는 방식 등, 아내와 나의
서로 다른 삶의 조각들이 때론 어긋나고 때론 맞물리며 작
은 공동체를 꾸려 가고 있었다. 우리는 둘이 사는 생활과
루틴에 너무 익숙해 있지만 아이가 없는 부부나 독신 가정
에서 흔히 그러듯, 아내와 나도 반려동물 입양에 대해 잠시
고민한 적이 있었다.

　다만 나는 어린 시절 만났던 한 강아지로 인해 쉽게 결
정을 내리지 못했다. 그와 함께 지낸 시간은 내가 살아온

시간에 비하면 아주 짧은 순간에 불과했지만, 긴 시간의 무게를 남겼다. 아내는 아내대로 제대로 키울 여력이 안 된다고 생각해서 반려동물을 입양하는 것에 대해 엄두도 못 내고 있었다. 하지만 간혹 우리는 반려동물과 함께 사는 삶과 생활에 대해 약간의 기대감 같은 것을 품기도 했다. 조금 용기를 갖고 충분히 숙고하고 공부하면 반려견을 잘 키울 수 있지 않을까.

걱정과 기대 사이 적지 않은 책을 읽었다. 입양 준비 과정의 하나로, 새 식구를 들이는 처지에서 제대로 정신적/물질적 준비를 하자는 마음으로 시작한 독서였다. 모든 앎의 과정이 그렇듯, 알수록 모르는 것이 더 많아졌고, 모르는 것이 많을수록 내 무지와 부족함이 더 잘 드러났다. 동물학 분야나 문화인류학적 분야의 책들, 또 반려견과 관련된 실용서 등 반려동물과 관련된 책들을 반년 동안 틈나는 대로 읽었다.

좋은 책을 많이 만났지만 읽으면 읽을수록 나는 개를 기르면 안 되는 사람이라는 확신이 점점 강해졌다. 크지 않은 공동 주택에 살며, 전적으로 돌봐 줄 수 있는 가족이 부재한 나와 아내가 개를 입양한다는 건, 거의 망상에 가까운 생각이었다는 것을 차츰 알게 되었다. 반려견과 잘 살아 보겠다고 시작한 독서였지만 살 수 없게 한 독서가 된 셈이다.

많은 책들이 양육 환경과 책임감을 반려동물과 지내는 가장 중요한 요소로 강조했다. 모두 지당한 말이지만 왠지 그것만으로 부족한 것 같았다. 나머지 무언가 하나가 꼭 필요한데, 그것을 알게 된 건 짧은 소설을 통해서다.

열 살 소년 찬성은 휴게소에서 일하는 할머니와 함께 산다. 아버지는 두 해 전에 교통사고로 돌아가셨다. 이제 찬성은 할머니와 둘이 살게 되었다. 할머니는 습관처럼 '주여, 저를 용서하소서'라고 말하지만 찬성은 '용서'라는 말의 의미를 알지 못한다.

그런 찬성에게 우연히 찾아온 친구가 있다. 그는 다름 아닌 고속도로 휴게소에 버려진 늙은 개, '에반'. 물론 그 이름은 찬성이 붙여 주었다. 할머니는 그 개를 집에 들이는 걸 못마땅해하지만 찬성은 에반과 함께 지내는 것이 좋다.

찬성에게는 아빠도 없고 휴대폰도 없고 친구도 많지 않으니까.

'인간 시계'로 이 년, 개들의 시간으로 십 년이 흘렀다. 찬성과 에반은 어느새 서로 가장 의지하는 존재가 되었다. 에반의 몸 여러 곳에 종양이 퍼졌다. 의사 선생님은 '수술하지 않으면 위험하다'고 말하지만 노견이라 '수술이 더 안 좋을 수도 있다'는 알쏭달쏭한 말만 한다. 찬성이 고통이 심해지는 에반에게 해 줄 수 있는 마지막 일은 안락사를 시키는 것이다. 그러기 위해서는 십만 원이 필요하다. 다행히 전단지 아르바이트를 해서 돈을 모을 수 있었다

하지만 찬성은 병원이 잠시 문을 닫은 새, 조금씩 그 돈을 써 버리고 말았다. 얼마 전 중고로 물려받은 스마트 폰에 유심도 끼우고 액정 보호필름도 붙여야 했다. '터닝메카드' 캐릭터가 그려진 휴대폰 케이스도 구입하고 말았다. 다시 아르바이트를 해서 돈을 충당하면 될 거 같았다. 그동안 에반이 조금만 더 버텨 줄 것 같았다. 에반에게 쓸 돈이 조금씩 줄었지만 찬성은 '모든 게 합당하고 필요한 과정처럼 여겨'졌다. 에반의 죽음을 거드는 게 꼭 좋은 일만은 아

니라는 생각도 들었다.

그런 생각을 하며 간식을 사 들고 집에 갔다. 그런데 에반이 없다. 찬성은 황급히 휴게소 쪽으로 갔다. 선홍색 피가 천천히 새어 나오는 불룩한 자루를 발견한다. 그리고 어떤 개가 자동차에 일부러 뛰어드는 것 같았다는 사람들의 대화를 듣게 된다. 찬성은 무언가가 가슴을 옥죄는 걸 느낀다. 그때 머릿속에 난데없이 '용서'라는 말이 떠오른다.

김애란의 단편 소설, 〈노찬성과 에반〉에는 많은 어휘가 사용되지만, 소설을 관통하는 중요한 단어는 두 개다. '용서'와 '책임'이라는 두 단어. 이 두 단어는 유의어도 반의어도 아니지만, 삶에서 서로 관계 맺어 활용되는 경우가 많다. 우리는 살면서 누군가를 용서하고 누군가에게 용서를 받고 때론 책임을 지고 책임을 부과하기도 한다.

찬성은 에반을 만나면서 '책임'이라는 어휘가 삶 가운데에 들어왔다. 에반을 만나지 않았다면, 또 함께 지내기로 결정하지 않았다면 그 말은 어린 찬성의 삶과 무관할 터였다. 그런 의미에서 에반이라는 물리적이고 현실적 존재와 함께 추상적 개념이면서 동시에 구체적인 행동인 '책임'이라는 것이 찬성의 인생에 함께 들어와 지내게 된 것이다. 그리고 찬성은 몰랐지만 실은 다른 어휘들도 함께 들어왔다.

에반을 키우기 위해 찬성에게 요구되는 건 무엇이었을까. 돈일까. 시간일까. 애정일까. 책임감일까. 그 모두가 필요하지만, 무엇보다 가장 필요한 건 '슬픔'이다. 소설에 중요한 두 단어, '용서'와 '책임'이 관통하고 있지만, 그 두 단어 사이에 슬픔이라는 말이 놓여야 할 것 같다. 반려동물을 키우는 것엔 슬픔이 요구된다. 내가 이 세상에서 사는 시간보다 훨씬 더 짧게 머물 수밖에 없는 동물과 함께 살 때, 가장 먼저 요구되는 건 슬픔, 혹은 슬픔에 대한 태도다.

반려인을 만나는 것과 가장 크고 중요한 차이는 그 점이다. 내가 반려동물을 입양할 땐 머지않아 다가올 그의 질병과 고통과 죽음에 대해 깊이 생각하지 못한다. 하지만 그들 역시 나처럼 늙고 병들고 고통받고, 때론 힘겹게 죽는다. 그런데 나보다 훨씬 더 빨리 늙고 병들고 죽는다. 우리는 사랑하는 사람과 함께 살거나 아이를 낳을 때, 그들이 우리보다 먼저 늙고 먼저 죽을 수도 있다는 생각으로 만나거나 출산하지 않는다. 그 반대다. 반려자나 자녀들은 나보다 더 오래 건강하게 살기를 바란다.

만약 배우자나 자녀가 우리보다 먼저 세상을 떠난다는 사실을 미리 알고 있어도 우리는 그들을 맞이할 수 있을까. 자녀가 우리보다 세상을 먼저 떠날 걸 알면서도 흔쾌히 임신을 하고 출산을 하는 사람은 없다. 반려동물을 '가족', '자녀', '동생'처럼 생각하는 현대 사회의 반려동물 문화에서 '자녀' 혹은 '형제'가 먼저 세상을 떠나는 것을 알면서도 그와 함께 살 결심을 쉽게 할 수 있을까.

반려동물을 맞이한다는 건, 늙음과 죽음과 슬픔이 적힌 편지를 미리 받아 드는 일과 같다. 그 편지의 첫 문단엔 기쁨과 즐거움, 사랑이라는 단어가 적혀 있겠지만 결국 마지막 문단엔 죽음과 슬픔의 말이 쓰인다. 먼저 세상을 떠난 존재는 세상에 남겨진 자에게 슬픔을 남긴다.

동시에 되돌릴 수 없는 미안함도 남긴다. 왜냐하면 우리 모두는 세상을 떠난 이가 아직 살아 있을 때, 충분히 책임을 다하며 그가 만족할 만큼 잘해 줄 수는 없기 때문이다.

그래서 세상에 남겨진 자는 세상을 떠난 자에게 언제나 미안하다. 그리고 언제나 후회한다.

반려동물과 함께 주어진 '책임'이라는 단어는 어쩌면 겨우 실천할 수 있을지도 모른다. 그런데 내가 충분히 슬퍼하고 용서를 구할 준비가 되었을까. 혹은 그것이 준비가 가능한 것이기나 할까. 아직 잘 모르겠다.

'비명(悲鳴)'을
찾아서

.

.

.

아내와 한 침대에서 잔 지 꽤 오랜 시간이 지났다. 같은 방 같은 침대. 폭 1.5미터 남짓의 협소한 공간에서 누군가와 이토록 오래 잠들고 잠에서 깬다는 사실이 문득 낯설기도 하다. 부모님으로부터 독립하고 나서 혼자 지내고 혼자 잠든 시간이 10년을 넘었는데, 이제 누군가와 같은 공간에서 함께 잠든 시간이 그 시간을 훌쩍 넘겼다. 이제 혼자 자는 것보다 함께 자는 것이 더 익숙해질 수 있을 것도 같은데 꼭 그렇지도 않다.

아내는 베개에 머리를 대는 순간 바로 잠든다. 아내 기준에서 쉽게 잠들지 못했다는 건 대략 10분 정도를 말한다. 반면에 나는 그렇지 않다. 내 기준에서 쉽게 잠든다는 건 30분 이내고 쉽게 잠들지 못했다는 건 한 시간 이상을 말한다.

보통 아내가 나보다 한두 시간 먼저 잠자리에 든다. 그러다 보니 침실로 갈 즈음엔 아내가 깊은 잠에 빠져 있을 때다. 그때 아내는 자신의 의지와 무관하게 코와 입에서 여러 소음을 만들어 낸다. 가볍게 코 고는 소리는 듣기 좋다. 잘 자고 있다는 증거 같아서였다. 간혹 살짝 이를 갈기도 하지만 그것도 그런대로 참을 만했다.

그런데 얼마 전, 아내가 감기에 걸리고 기침을 하기 시작했다. 쉽게 잠들지 못하는 나는 잠들기 전까지 아내의 기침 소리를 고스란히 들어야 했는데, 문제는 기침 소리가 아니라 기침과 기침 사이에 내는 일종의 신음 소리 같은 것이었다. 그 소리는 생의 마지막 순간에 고투하는 환자의 신음 소리처럼 들렸다. 간혹 호흡까지 힘겨워하는 것 같았다.

한순간 아무 소리도 나지 않다가 갑자기 큰 호흡을 내쉬며 다시 숨을 쉬었다. 그러다 문득 아무 소리도 나지 않고 호흡도 하지 않는 것 같았다. 호흡을 못하는 것인가 싶어서 가슴에 살짝 손을 대보기도 했다. 잠시 멈춰 있는 것 같은 가슴이 다시 오르고 내렸다. 내 행동에 잠이 깬 아내는 의아한 눈으로 나를 쳐다보지만, 막상 자신이 무슨 소리를 내는지 몰랐다.

다음 날, 자신이 어떤 소리를 내는지 묻는 아내에게 그 소리는 마치 슬프게 아주 슬프게 우는 멸종 직전 어떤 짐승의 울음소리 같았다는 말밖에 할 수 없었다. 단지 아프거나 어딘가 불편해서 내는 소리가 아닌 것 같았다고. 며칠 동안 그 소리는 밤마다 계속되었다. 문자로 표현하기 힘든 그 소리는 어머니의 병상 옆에서도 경험하지 못한 소리였다. 때로는 짧거나 길게 때로는 크거나 작게 나는 그 소리는 난파되는 배에서 보내는 신호처럼 절박하게 들렸다.

다행히 병원에선 흔한 감기 증상으로 후두가 살짝 부은 것 외에는 큰 이상은 없어 보인다고 했다. 하지만 기침은 오랫동안 계속되었다. 그리고 병원에선 다시 심한 기관지염 같다는 진단을 내린다. 병원의 진단과 별개로 아내가 열흘

동안 밤새 낸 소리는 아내의 신체성과 고통에 대해 다시 생각하게 했다.

나 아닌 타인의 고통에 대해 가늠해 보는 일이 가능한지 모르겠지만, 그것이 조금이라도 가능하다면 그 가늠의 척도는 대개 소리를 통해서다. 어떤 존재가 고투하는 장소가 '고통'이라면, 그 고통을 타자가 인식하는 것은 '소리'를 통해서다. 만약 그 소리에 내가 반응하고 나 또한 고통스러울 수 있다면, 그때의 '소리'는 공감의 장소가 된다.

모든 고통이 그런 건 아니지만 많은 고통이 소리로 전해지는데, 말할 수 없는 고통, 소리 낼 수 없는 고통이 있다면 그 존재의 고통은 과연 어떻게 표현될까. 그 고통을 전하고 공감해 줄 소리가 없다면 그 외로운 존재의 고통은 더 깊어지는 것이 아닐까.

다른 야생 동물과 달리 많은 어류는 대량으로 포획이 가능하다. 상대적으로 개체의 몸집도 작고 그 수가 많은 것이 그런 포획 방식의 주된 이유겠지만, 진짜 원인은 다른 데 있는 것 같다. 혹시 그들이 비명을 지르지 못한다는 사실 때문에 우리들은 그들을 그렇게 대량으로 포획하는 것이 아닐까.

만약 참치가 돼지나 닭처럼 소리칠 수 있다면 어떨까. 흔히 만선(滿船)의 이미지로 사용되는, 그물에 가득 찬 정어리가 촤르륵 쏟아지는 장면들, 그 장면에서는 먹이를 노리는 바닷새 소리, 어부들의 고함 소리, 파도 소리, 배와 그물이 돌아가며 내는 기계음 소리 등이 들리지만 막상 그들의 소리는 들리지 않는다. 그들이 마지막 사투를 벌이며 서로가 서로를 때리는 소리가 들리지만, 꽉 묶인 그물이 풀리고 순식간에 갑판으로 쏟아져 내려도 그들은 어떤 소리도 지르지 못한다.

실은 어류가 소리를 내지 못하는 게 아니라 우리가 듣지 못하는 것이라면 어떨까. 그들은 무수히 많은 소리를 내고 있었지만 우리가 듣지 못한 것인지 모른다. 소리는 매질을 통해 전해지는데 매질이 달라지면 소리의 성질도 달라진다.

공기를 통해 듣는 소리에 반응하도록 진화된 우리는 공기를 통해 나는 소리에 익숙하다. 공기 중에 사는 우리는 공기와 함께 떠다니는 음파를 잡기 위해 신체 외부로 돌출된 감각 기관을 통해 소리를 채집한다. 귀가 없는 물고기를 보고 우리는 외부 청각 기관의 결핍을 청각의 결핍으로 이해했다. 그들을 들을 수도 없고 동시에 말할 수도 없는 종(種)으로, 그래서 우리와 많이 다른 존재로 생각했다.

하지만 물이라는 탁월한 음향전도체 덕분에 그들은 우리와 달리 내부 청각 기관이 필요 없다. 동시에 우리와 같은 방식으로 말하고 소리 낼 필요도 없다. 그들은 자신의 방식대로 듣고 말하고 때론 소리를 지르고 있었다. 물속에서 꺼내진 산천어가 공기 중에서 제대로 소리 낼 수 없을 뿐이다.

겨우 터져 나온 소리마저 물처럼 넓고 크게 번져 가지 못했던 것이지만(소리는 공기보다 물에서 다섯 배 빨리 전파된다) 그들은 생의 마지막 몸부림과 함께 비명을 지르고 있었다. 특정 주파수의 소리와 가시광선이 우리에게 보이지 않거나 들리지 않지만 존재하는 것들처럼, 다양한 신호를 보내고 있었다. 숨 가쁘고 절박하게.

소리를 듣거나 낼 수 있는 것은 물론, 많은 어류가 감정과 의식이 있고 고통을 느끼는 존재라는 과학적 사실도 비교적 넓게 논의되고 있다. 감정과 의식이 있고 고통을 느낄 수 있기에 그들을 먹지 말자는 이야기를 하려는 건 아니다. 인간과 적극적으로 교감하고 공포와 고통을 더 잘 느끼는 포유류나 육상 척추동물도 먹을 수 있다. 모든 인간이 꼭 채식만을 해야 한다고 생각하지 않는다. 때로 누군가는 육식을 할 수도 있다. 그들의 고통을 알지만 살아가기/살아남기 위해 그들을 먹을 수 있다.

다만, 그것과 별개로 우리가 조금 더 모르는 것을 알게 되었다면, 사냥하고 사육하고 먹는 방식이 이전과는 조금 달라져야 하는 건 아닐까. 더구나 그것이 '레저'나 '취미'라는 범주의 일이라면 더 많이 달라져야 하는 게 아닐까. 입술 찢긴 누군가의 처절한 몸부림이 왜 누군가의 '손맛'이 되어야 하는 건지.

낚시는 인간이 육상 동물을 사냥하고 가축을 기르기 훨씬 전부터 행해진 일일 것이다. 마치 과일이나 견과를 채집하듯 어류를 잡아 왔을 것이다. 하지만 그들은 (현재까지 밝혀진 바에 따르면) 과일이나 견과와 달리 감각 기관과 머리가 있고 세차게 펄떡이고 피가 흐르고 고통을 느낀다.

생존을 위해서가 아니라 '손맛'을 위해 잡는 것이 당연한 일이 되어야 하는 것은 아니다. 물론 견과나 과일의 고통을 나중에 알게 된다면 그때 우리는 그것에 대한 고민을 해야겠지만 우선 지금은 명확히 알려진 사실만으로도 조심해서 나쁠 건 없다.

'물고기'를 먹고 안 먹고는 어쩌면 부차적인 문제다. 우리 생활과 섭생 환경에 따라 그들을 먹을 수도 먹지 않을 수도 있다. 이제는 그것과 별개로 우리는 그들과 맺어 온 관습적 관계에 대해 고민하게 된다. 그들도 공감과 교감의 존재가 될 수 있다고 생각한다면, 그들이 우리와 실상 그리 다른 존재가 아니라고 생각한다면, 북극곰이나 아프리카의 기린이나 옆집 반려견과 다르지 않은 존재라면, 최소한 그들의 고통이 놀이의 대상이 되는 것에 대해 질문을 던질 수 있다.

초밥이나 스시 같은 덩어리 생선 요리는 되도록 먹지 않지만 요즘 종종 해산물을 먹곤 한다. 채식 위주의 식사를 하며 몇 년간 완전히 비건으로 생활했지만 소위 '사회생활'에 많은 제약이 있었다. 물론 잘 해내는 사람도 많다. 순전히 내가 좀 더 세심히 노력을 기울이지 못한 결과지만, 완전한 비건 생활과 약간의 해산물을 먹는 생활의 편의가 주는 차이는 내게 너무 컸다.

고기류(meat)와 달걀, 우유 등을 안 먹는 것은 생각보다 어렵지 않았다. 하지만 젓갈이 들어간 모든 음식이나 해산물이 들어가지 않은 음식을 제외하면 실상 집 밖에선, (한국에서 여전히) 매우 드문 비건 식당 말고는 거의 식사하기가 힘들었다. 집 밖에서 사람을 만날 경우 어쩔 수 없이 해산물이 포함된 음식을 먹기 시작했고 조금씩 버겁던 채식 위주 식생활이 훨씬 수월해졌다. 그것이 오히려 고기(meat)를 먹지 않게 하는 힘이 되었다.

물론 식재료에 포함된 말린 생선 조각이나 갑각류, 그리고 두족류를 먹을 때마다 마음이 편치 못하다. 왜냐하면 고통은 그곳에 여전히 있을 텐데, 왠지 그들이 대형 동물이나 포유류와 조류에 비해 덜 고통을 느낄 것 같다는 느낌

때문에 그들의 고통을 외면하는 것 같아서다.

다만 약간의 해산물을 먹는 이유가 그들이 대형 동물이나 포유류보다 생물학적 위계가 하찮거나 지능이 낮거나 고통의 크기가 작을 것 같아서가 아니다. 세상 모든 고통과 슬픔에 아직 내가 온전히 다가서지 못해서다. 하지만 지금의 내 행동과 결정이 완전하지 않아도 세상에 산재한 고통의 총량을 줄이는 것에 조금이라도 더 유효한 일을 한다면 그것이 아주 무의미한 건 아닐 것이다. 우리가 지향해야 할 삶은 결국 완벽한 무구함에 도달하는 것이 아니라 불완전함 속에서 덜 유해하기 위해 노력하는 과정이니까.

검은색을 덧칠한 것 같은 어두운 침실에서 눈을 감는다. 심해처럼 보이는 것은 아무것도 없다. 어두운 만큼 귀는 활짝 열려서 작고 섬세한 모든 소리가 들린다. 심한 기관지염 이후, 그녀가 평소처럼 가볍게 코를 골면 마음이 안정된다. 그 소리는 마치 나 편히 자고 있어, 라고 말을 건네는 것 같다. 그 소리가 고맙고 좋아서, 나도 편히 잠든다.

슬픈
불고기

·

·

·

긴 시간이 요구되는 걷기 여행을 좋아하지만, 자주 갈수 없어서 찾아낸 방편으로 새로 구입한 고화질 프로젝트의 큰 화면으로 자연 다큐멘터리를 종종 시청하곤 한다. 특히 영국 국영 방송국이 만든 고화질 자연 다큐멘터리를 보는 것은 언제나 경이롭다. 아프리카의 초원, 남태평양의 심해, 브라질의 정글, 네팔의 히말라야, 북극과 남극의 빙하, 그리고 그곳에서 살아가고 떠나가고 돌아오는 무수한 생명체들.

진정한 의미의 '야생'은 더 이상 없다지만, 그것들을 보고 있으면 여기 같은 지구에 살고 있지만 내가 살고 있는 이 도시와 그곳은 마치 서로 다른 행성 같다. 혹등고래의 거대한 꼬리가 물보라를 일으키는 곳, 수백만 마리의 펭귄이 온몸을 부비며 서 있는 곳, 화면을 가득 채운 저곳이 정말 우리가 살고 있는 여기와 같은 공간일까. 살아 있는 동안 내가 직접 가 볼 기회가 있을까.

그런 자연 다큐멘터리를 동영상 플랫폼에서도 자주 찾아보는데, 매번 내가 원하는 문맥과는 조금 다른 결의 자연과 동물 관련 동영상들이 추천되었다. 가령, 다이버를 구해주는 혹등고래, 상어의 공격으로부터 구해 달라고 사람에게 간청하는 수달, 야생 곰으로부터 인간 아기를 보호하는 대형 반려견 등, 알고리즘은 문맥 없이 그렇다고 모든 문맥이 파괴된 것은 아닌 방식으로 추천 동영상을 송출했다.

그 기묘한 알고리즘은 동물원의 고래나 곰의 동영상은 물론 심지어 축사의 소와 돼지를, 급기야 질 좋은 한우를 먹고 감탄하는 이들의 동영상까지 추천했다. 그 자비롭지 못한 알고리즘에 몸을 맡긴 나는 어느새 지글거리며 구워지는 두툼한 소의 살을 멍하니, 별로 보고 싶지 않은 동영상임에도 끝내 다 보고야 말았다.

영상이 끝나자, 소와 한 할아버지의 서글픈 미담과 화려한 마블링이 촘촘히 박힌 한우가 나란히 배열된 화면에서, 결국 나는 아득해졌다. 서글픈 미담의 여운이 아직 가시기도 전에 뒤이어 등장한, 그 슬픈 사연의 주인공과 다르지 않은 어떤 존재의 살덩이에서 흐르는 피와 기름을 보며 나도 모르게 침이 고이는 나라는 존재. 나는 내 분열증을 마주하며 아득함을 느꼈다.

실은 우리 일상은 추천 동영상의 알고리즘만큼이나 저런 식의 미담과 아무 고민 없는 육식이 주저 없이 뒤엉킨 것들로 배열되어 있다. 그 주저 없음을 주저함으로 바꾸고자 몇 년 전부터 고기류(meat)를 먹지 않았다. 소, 돼지 등의 포유류와 닭 등의 조류, 그리고 그들의 부산물인 우유와 달걀 등을 안 먹었다. 원래 고기를, 특히 소고기를 그리 좋아하는 편은 아니었다. 실은 좋아하지 않았다기보다, 소고기가 내 어린 날의 기억과 그 기억을 먹고 자란 내 몸에 맞는 음식이 아니라는 표현이 더 정확하겠다.

큰아버지와 아버지의 사이가 안 좋았던 것인지, 우리 가족은 명절에 큰집에 가지 않았다. 그렇다고 외할머니 집에 간 것도 아니었다. 우리가 이미 외할머니 집에 얹혀살고 있었으니까. 명절 분위기를 내며 간 곳은 내게는 친가도 외가도 아닌, 외할머니의 남동생 집, 그러니까 어머니의 외가였다. 내게는 외가의 외가인 셈이다. 명절 때면, 보급형 한옥집이었던 그곳에 많은 어른들과 우리 또래의 먼 친척 아이들이 많이 모였다. 기름기가 풍성한 음식 냄새가 가득했다. 나는 다소 이방인 같은 느낌을 떨칠 순 없었지만, 명절 분위기를 내기에는 나쁘지 않았다.

평소 고기반찬을 많이 못 해 준 어머니는 자식에게 고기를 많이 먹게 하고 싶었던 것인지, 식사 도중 연신 불고기를 밥 위에도 올려 주시며 빨리, 그리고 많이 먹으라고 노골적으로 재촉하셨다. 그런 어머니의 요구에 제대로 응할 수 없었다. 어린 마음에 어머니의 행동이 또래 친척들에게 우리 집이 평소 고기도 잘 못 먹는 형편이라는 인상을 주는 것 같아 부끄럽기 때문이었고, 그보다 더 큰 이유는 내 소화기관이 기름진 고기에 적응되어 있지 않았다는 데 있었다.

집에 돌아오면 언제나 화장실에 들락거리며, 소기름에 허약한 내 소화기관과 고기를 강권한 어머니를 원망했다. 넉넉하지 않은 형편 때문에 평소에 못 먹는 것들을 먹이고 싶은 마음이겠지만, 배불러서, 혹은 느끼해서 그만 먹겠다고 하면 눈을 흘기며 화까지 내곤 했다. 사춘기가 지나고 점점 머리가 커지면서 나는 어머니의 그런 행동을 참을 수 없었고 급기야 나와 먼 친척일 따름인 어머니의 외가인 그곳에 가기를 거부했다.

명절이 다가오면 공부를 핑계로 혹은 컨디션이 좋지 않다는 이유로 가지 않겠다고 했지만, 어떻게든 데려갔고 나는 내 소화기관의 취약성을 확인하고 집에 돌아와야만 했다. 그렇게 기름을 잔뜩 먹고 온 날엔 언제나 탈이 났다.

후일, 성인이 되어 명절날의 배탈을 회상하며, '서글픈 설사'라는 이름을 붙이곤 했다. 불고기는 아버지와 큰집 사이의 불화와 어머니의 순수하지만 불편한 자식 사랑과 우리 집의 가난과 내 부끄러움과 위장 장애 등, 그 모든 것들의 감정과 감각을 불러일으키는 슬픈 음식이었다.

하지만 지금, 나는 다른 이름을 붙이고 싶다. '서글픈 고기'라고. 경이로운 지구의 저 작은 구석, 좁고 더럽고 어두운 사육장에 웅크리고 있는 수많은 가축들. 그들이 지구에 살고 있는 대형 동물 중 90퍼센트 이상을 차지한다는 사실이 다른 의미로 더욱 경이롭다. 큰 화면으로 감상한 저 경이로운 지구의 풍경이 아닌, 눅눅한 배설물이 쌓인 암울한 구석의 풍경들, 차마 고화질과 큰 화면으로 마주할 수 없는 그 풍경이 실은 우리 지구 풍경의 대부분인 것이다.

강제로 암소의 자궁을 열고 팔을 깊숙이 집어넣어 수소의 정자를 주입하는 장면을, 암돼지가 임신 케이지에 갇힌 채 강제 임신을 당하고 그 자리에서 배변을 하며 걸을 수도 누울 수도 없는 가혹한 장면을, 좁은 케이지에서 스트레스로 부리가 모두 쪼개진 닭이 죽을 때까지 알을 낳는 장면을, 누구도 고화질과 큰 화면으로 감상하고 싶어 하지 않는다.

왜 어떤 동물은 전 지구적 관심과 연민을 받고 왜 어떤 동물은 아무렇지도 않게 누군가의 음식이 될까. 왜 어떤 죽음은 슬픔이 되고 왜 어떤 죽음은 쾌락이 되는 걸까. 단지 그것이 야생 동물과 가축이라는 차이 때문일까. 같은 행성에서 살아가고 있는데도, 사람들에게 사랑받는 캐릭터의 원본인 귀여운 동물들과 장엄한 자연에서 살아가는 야생의 동물들은 그토록 아름다운 방식으로 소비되면서, 열악한 환경에서 살아가는 가축은 오직 고기로 대상화되어 있을 뿐 어떤 사랑도 연민도 받지 못한다.

정말 서글픈 일은 그들이 단지 죽어서 누군가의 음식이 된다는 사실에만 있지 않다. 더 큰 슬픔은 그들이 누군가의 음식이 되기 위해 태어나고 길러진다는 데 있다. 그들의 존재 이유가 오로지 맛 좋은 고기가 되기 위해, (이제는 더 이상 필수 영양소의 섭취가 아닌) 누군가의 감각적 쾌락을 위해 태어나고 사육된다는 데 가장 깊은 슬픔이 있다. 기쁨과 슬픔을, 행복과 불행을, 쾌락과 고통을 느끼고 공감하고 소통할 줄 아는 존재가 토막 난 살덩이가 되기 위해 열악한 환경에서 강제로 태어나고 사육되고 죽임을 당한다는 사실이 실은 가장 큰 비극과 슬픔이다.

그들에겐 왜 스스로 출산할 자유가 없을까. 그들은 왜

감옥 같은 곳에서 평생 살아야 하는 것일까. 그리고 제 수명을 다하기도 전에 조각조각 분리되어 누군가의 음식이 되어야 하는 걸까. 그들은 왜 누군가의 음식이 되지 않으면 안 될까. 그전에, 왜 그들은 강제로 태어나지 않으면 안 되는 걸까. 고기가 되기 위해 원하지 않는 출산과 삶과 죽음까지, 그 모든 게 모두 슬픈 존재들, 슬픈 고기들, 그리고 슬픈 상념들, 모든 것들이 다 슬프다.

언더
더 스킨

·

·

·

결혼 후 아내와 나는 매년 마지막 날에 노을을 보러 갔다. 그해의 마지막 해가 사그라지는 풍경을 보러 가곤 했다. 일출을 보는 것도 좋지만 일몰을 보고 싶었다. 새해의 다짐과 소망을 떠올리기 전에 그해에 나를 거쳐 간 것들이나 우리와 함께한 것들, 혹은 함께하지 못한 것들에 대해 돌아보고 싶었다. 그래서 우리는 마지막 날엔 대개 서쪽으로 떠났다. 느릿하게 해가 지는 풍경은 떠나보낸 시간을 사려 깊게 돌아보기 좋아서였다.

몇 년 전 그해의 마지막 날, 그날도 태양이 지는 서쪽 바다를 보며 지난 일 년에 대해 이야기했다. 아내가 먼저 말했다. 이제 고기를 그만 먹자고. 나도 그것에 대해 막연히 생각하고 있었지만 선뜻 행동하지 못했었다. 그 노을과 그 마음이 서로 어떻게 공명했는지 모르겠지만 아내는 용기 내어 말했고 나는 용기 내어 동의했다. 그날, 아니 그해의 마지막 식사를 끝내고(조개류를 먹었다) 좋아하던 몇몇 음식을 앞으로 평생 동안 먹지 못한다는 생각에 마음이 편치 않았다. 오늘이 지나면 생을 지탱하던 한 부분이 잘려 나가는 것만 같았다.

큰 이별의 순간이 다가오고 있었다. 꼭 직접적으로 구워 먹는 고기가 아니더라도 종종 즐기던 것들, 가령 어머니가 가끔 해 주시던 갈비찜이나 소고기 뭇국, 한 끼로 든든한 순대국밥이나 설렁탕, 운동 후 먹는 시원한 맥주와 치킨, 돈카츠와 육수를 잘 우려낸 라멘, 각종 훈제 햄이나 치즈 등, 모두 열거할 수 없는 수많은 음식들, 그 음식과 영원히 이별하는 순간이 얼마 남지 않았다는 사실에 조금은 우울했다. 꽤 오래전, 오랫동안 피우던 담배를 끊는 순간과 견

줄 만한 감정이었다.

조금은 우울해하며 잠든 그날, 그날이 우리가 고기(meat)를 먹은 마지막 날이 되었다. 처음 몇 주간은 힘들었다. 무엇을 먹어야 할지, 매번 비슷한 음식을 먹는 것과 특히 외식할 때 선택할 수 있는 옵션이 적어지는 것까지, 쉬운 일이 없었다. 어떻게, 무엇을 먹는가에 대해서도 연습과 훈련이 필요했다.

고기 없는 세상에 막 진입한 나는 다소 혼란스러웠고 때론 힘들었다. 지구가 거대한 고통과 비명의 공장이 되었고 내가 피한(혹은 구한) 고통과 비명은 여기 지구에서 작은 흔적조차 되지 못한다는 사실에 때론 회의하고 종종 절망했다. 그럼에도 내가 먹지 않음으로 결국 어떤 개별적 존재가 필연적으로 맞이하게 될 참혹한 고통과 비명을 조금이라도 줄일 수 있다는 사실은 무시할 수 없는 힘이 되곤 했다.

고기를 먹는 것을 그만둔 후, 마트에 진열된 고깃덩어리를 볼 때마다 감각하고 느끼고 공감하고 소통하는 어떤 개체를 식품으로 제공하기 위해 사육, 가공, 처리, 유통하는 일이 섬뜩하게 느껴지는 순간이 있었다. 우리에게 제공되는 건, 감정과 감각을 유발하는 그들의 눈과 코와 입을 제거한, 더 이상 그들 신체 일부였다고 느낄 수 없는 잘 다듬어져 포장된 조각들이지만, 그 단계를 되돌려 재생하면 거기엔 생각보다 우리와 많이 다르지 않은 존재들이 있었다.

그 사실이 어떤 호러 영화보다 더 잔혹하게 느껴지는 순간이 있었다. 내가 혹은 내가 사랑하는 사람이 이렇게 포장되어 진열되지 않을 이유의 근거가 그리 단단하지 않은 것 같다는 불안감이 들었다. 나와 내가 사랑하는 사람들도 깔끔하게 가공, 처리된 고기가 되어 그들의 얼굴과 표정과 말들이 지워진 채 붉은색 불빛 아래 진열되지 말아야 할 절대적인 이유가 없는 것은 아닌가, 그리고 한 꺼풀만 벗기면 진열된 그들과 그것을 먹는 우리가 그리 많이 다르지 않다, 라는 불길한 생각이 들었다.

네발로 걷고 꼬리가 달린 고등 동물이 있다. 다른 행성에서 온 그들은 스스로를 '인간'이라 부른다. 그들은 지구에서 동물 중에 가장 높은 지위를 가진, 그리고 언어와 도구를 쓸 줄 알고 두 발로 걷고 꼬리가 없는 어떤 '동물'을 사냥한다.

그들에게 '보드셀'이라고 불리는 이 '짐승'은 그들이 보기에 거의 지능이 없어 보인다. 이 '동물'은 자신들의 언어가 있고 나름의 사회생활도 하고 고통과 슬픔의 감정도 느낀다. 하지만 다른 행성에서 온 그들이 보기에 두 발로 걷는 이들은 충분히 사냥하고 사육하고 가공 처리하고 식용할 수 있는 대상일 뿐이다.

이 네발로 걷는 '인간'들 중에도 두 발로 걷는 이 '동물'을 살육하고 가공 처리하는 산업의 규모를 가늠하고 그것의 잔혹성에 대해 비판하는 이들도 있다. 털을 밀고, 거세를 하고, 살을 찌우고, 장기를 수정하고, 화학적으로 정화된 '보드셀'들, 즉 두 발로 걷는 이 '짐승'에게 가해지는 이 잔혹함에 대해 이 다른 행성 출신의 몇몇 '인간'은 어떤 연민을 품기도 한다.

미헬 파버르의 소설 《언더 더 스킨》의 일부 내용이다. 여기서 '인간'이라 불리는 이 고등 동물은 외계에서 온 네발

달린 존재고 '동물', 혹은 '짐승'이라 불리는 상대적으로 하등 동물인 이 존재는 여기 지구에 사는 우리들이다. 이 소설의 서사는 간단하다. 외계 행성에서 온 존재가 지구에서 두 발로 걷는 우리와 비슷한 모습으로 변장한 후 자동차를 몰고 다니며, 히치하이킹하는 그 '동물(인간)'을 사냥한다는 내용이다.

이 단순한 이야기는 다양한 방식으로 읽히고 이해될 수 있다. 가령 공장식 축산에 대한 우화일 수도 있고 식품 산업에 대한 어떤 비판일 수도 있다. 그것이 어떤 것이든 이 소설이 관통하는 문제의식은 우리 인식의 기반이 얼마나 허약한 지반 위에 서 있는가라는 점이다.

"사람들이 축 늘어진 보드셀의 몸뚱이를 크래들에 올려 얼굴이 천장을 향하도록 돌려 눕혔다. 팔다리는 단정하게 고정되었고, 어깨 역시 활송 장치의 금속 부분에 이어 붙인 어깨 모양의 홈에 빈틈없이 끼워졌다. 머리는 활송 장치의 가장자리에 놓였고, 붉은 머리칼이 커다란 금속 물통 위에 치렁거렸다.

이 모든 과정을 통해 보드셀은 몸이 축 늘어져 상당한 유연한 상태임에도 불구하고 음낭이 오그라들면서 반사적으로 고환이 조금씩 움찔거리는 것 외에는 미동도 하지 않았다."

"보드셀은 빠른 속도로 눈을 껌뻑였다. 털이라는 털은 모조리 밀어 버린 그의 머리통에 깊은 주름이 잡혔다. 그에게 본인의 능력으로는 감당할 수 없는 어떤 사건이 벌어지려 하고 있었다. 이미 무지막지하게 불어난 몸집과 무관심 때문에 한없이 불편한 상태겠지만, 이제 그는 자신의 몸이 산산조각으로 갈라질 것임을 느낀 눈치였다. 얼굴의 모든 세포가 퉁퉁 부어올라 거의 움직여지지 않음에도 불구하고, 용케도 불안한 표정이 떠올랐다."

위에 서술된 부분을 읽을 때, 나는 약간의 감정적 혼란을 일으켰다. 소설에 묘사된 보드셀(지구인)을 처리하는 과정이 사실 우리가 먹는 소, 돼지, 닭의 사육, 가공, 처리 과정과 크게 다르지 않다는 점 때문이었다. 그리고 우리가 사육하고 먹는 그들처럼, 우리 역시 누군가에겐 그런 대상이 될 수도 있다는 사실이 그저 낯선 것만은 아니라는 인식 때문이었다. 만약 소설에서 묘사한 것처럼 인간을 사육하고 가공 처리한 후 양질의 식품으로 제공한다면 그것은 굉장히 끔찍한 일처럼 보이지만, 그렇다고 그것이 꼭 불가능할 것처럼 보이는 건 아니다.

생명을 유지하기 위해 다른 생명을 먹는 것은 불가피하다. 생은 다른 생에 기대어 있고 여러 의미에서 삶은 다른 삶을 통해서만 가능하다. 고기든 채소든 우리는 다른 생과 삶을 취하지 않고 우리 삶을 지속할 수 없다. 하지만 삶에서 마주하는 그런 불가피성과 별개로 열악한 환경의 산업화된 공장식 축산업마저 꼭 불가피한 건 아니다.

육식 여부가 아니라 어떤 육식을 하는가에 조금 더 주의를 기울인다면, 한정된 공간에서 제공되는 사료를 먹고 번식 기능을 제거당한 채 각종 항생제를 맞으며 급속히 살찌워지고 가장 효율적인 식품으로 변모되는, 감각적이고 감정적인 한 존재가 맞이하게 될 슬픔과 고통에 대해 감각할 수 있고 공감할 수 있다면, 그 슬픔과 고통의 횟수를 조금이라도 줄이는 일마저 불가피하고 불가능한 건 아니다.

영화《옥자》가 온라인에서 개봉하던 당시, 봉준호 감독이 관련 인터뷰를 했다. 어디선가 그는 '삼겹살을 끊지는 못하지만 되도록이면 적게 먹으려고 노력한다'는 내용의 말을 했다. 봉준호 감독이 지금도 자신의 말을 실천하기 위해 애쓰는지 아닌지 나는 모른다. 다만, 소고기와 돼지고기를 먹고 있던 그때의 나는 이 말을 듣고 그의 고충을 충분히 이해했다. 감독(작가)의 행동과 그가 만든 작품의 세계관이 꼭 일치되어야 하는 건 아니지만, 대중에게 위선적이라는 소리를 듣지 않으려면 자신이 표현한 세계관에 대응하는 어떤 실천이 어느 정도 동반되어야 한다.

하지만 봉준호 감독을 위선적이라거나 말과 행동이 맞지 않는 사람이라고 느끼지는 않았다. 왜냐하면 실은 우리 모두가 조금씩은 불편한 저 거리 사이에서 엉거주춤 서 있기 때문이다. 아무리 완고한 환경운동가나 비건주의자라도 지금과 같은 시스템의 세상에서 구성원으로 살아간다면, 더구나 소위 1세계, 혹은 선진국이라고 불리는 이 땅의 온갖

편의 속에서 살고 있다면, 환경과 동물과 관련해서 완전히 무구한 삶을 살기란 거의 불가능하다.

비건이었던 처음 몇 해와 달리, 요즘은 사정이 여의치 않으면 종종 약간의 해산물을 먹기도 한다. 하지만 그날 이후 여전히 소, 돼지, 닭 등의 동물들과 그들이 만든 우유나 달걀 등을 먹지 않는다. 우리는 모두 누군가를 먹지만, 그 누군가를 먹는 일이 그저 당연하고 쉬운 일이 되지 않으려고 애쓰는 중이다.

먹히기 위해 번식당하고 사육당하는 존재들, 얼굴이 제거된 채 유통되는 존재들, 그들의 ('머리'와는 또 다른 차원의) 얼굴을 떠올리기만 해도 된다. 소리 내고 표현하는 입과 부지런히 호흡하는 코와 우리를 응시하는 그 눈을 우선 떠올리기만 해도 된다.

얼굴 있는 존재들만 생각하자는 건 아니다. 얼굴 없는 존재들, 가령 나무, 꽃, 의자, 냉장고가 나와 다르지 않다는 인식을 갖기 위해선 다른 감각을 경험하고 또 다른 윤리를 세우고 배워야 할 또 하나의 문제다. 얼굴 있는 존재의 고통과 비명에 귀 기울이는 일도 해내지 못하는데, 얼굴 없는 존재의 고통과 비명에 어떻게 다가갈 수 있을까.

유발 하라리의 말처럼, 역사상 가장 끔찍한 범죄를 저지르는 공장이 된 이 지구. 한 겹의 피부 아래에선 우리도 그들과 그리 많이 다르지 않음을 안다면, 비명으로 채워진 지구라는 거대한 공장에서 누군가의 혹독한 고통을 조금이라도 줄일 수 있지 않을까. 올해의 마지막 날엔 노을을 보며 또 무엇을 하지 않을지, 또 무엇을 멈춰야 할지 생각해 본다.

미술관 옆
동물원

.

.

.

몇 해 전 화창한 봄날의 일요일, 아내와 동물원 옆 미술관에 갔다. 어둡고 정적인 미술관에서 오랜 시간을 보낸 우리는 맑고 청명한 하늘의 유혹에 이끌려 미술관 옆 동물원에 들어갔다. 아내나 나나 조금 꺼려졌지만 잠시 산책이나 하자는 마음에 들어갔다. 결과적으로 화창한 하늘 아래 음습한 동물원을 둘러보는 두 시간 남짓은 참혹함과 무력함을 확인하는 시간이 되고 말았다.

동물원에서 빠르게 뛸 수 있는 모든 동물 중 누구도 뛰지 않았다/못했다. 멀리 비상할 수 있는 어떤 새도 날지 않았다/못했다. 모두들 약속한 듯 혹은 익숙한 듯, 구석에 멍하니 앉아 있거나 졸고 있거나 무력하게 누워 있을 뿐이었다. 동물원의 동물들은 감금/고립된 자들에게 흔히 부여되는 어떤 육체적 혹은 정신적 문제들을 모두들 한두 개씩 앓고 있는 것 같았다.

동물을 가둬 놓은 철망에는 사랑스럽고 귀여운 동물 캐릭터가 그려진 각종 안내문이 걸려 있었다. 거기에는 동물들의 건강과 멸종 위기에 대해 염려를 표하고 공감을 이끌어 내려는 문구가 쓰여 있었다. 그럴수록 우리의 깊숙이 감춰진 어떤 범죄를 가리려는 노력처럼 느껴졌다.

동물원에서 주장하는 것, 가령 종의 보호와 연구적 가치, 교육적 가치는 실은 상업적 가치와 오락적 가치, 그리고 무엇보다 종 지배적 가치를 숨기기 위해 위태롭고 허약한 자기주장 위에 서 있을 따름이었다. 진정으로 멸종위기종을 보호하고자 한다면, 대중에게 공개되거나 전시되지 않는 동물연구소를 (이미 몇몇 존재하는 곳처럼) 통해 종을 연구·보호하고 다시 자연에 보내 줘야 할 일이다.

대중에게 공개되는 동물원(의 개념)은 19세기 제국주의와 함께 생겨났다. 인간과 동물이 맺던 오랜 관계(500만 년 이상)가 고작 백 년 만에 무너지고 말았다. 그동안 동물은 인간의 수단, 도구, 각종 (식)재료 이전에 어떤 영적(교감의) 대상이었다. 차라리 그들은 신이었다.

　19세기 이후 그들을 바라보는 관점이 근본적으로 바뀌었다. 아니, 그들을 바라보는 시선이 새롭게 생겨났다. 강자가 약자를 지배하고 가르치고 정복하는 것은 합리적이고 정당한 일이었다. 자연을 어설프게 본떠 만든 좁은 공간에 입장료를 받고 동물들을 사람들의 구경거리로 만든다는 사고와 인식을 당연하게 생각한다면 그건 그만큼 우리가 19세기적 사고에 익숙해서다. 동물원은 그 19세기적 시선이 물질화되어 표현된 셈이다.

　대부분의 대형 포유류는 인간과 똑같은 방식은 아닐지라도 상황을 인식하고 현재를 사고하고 때론 과거의 것을 기억한다. 종종 거울 속의 대상이 자신이라는 것도 안다. 유리벽 옆에 바짝 붙어 앉아 어딘가를 응시하고 있는 저

과묵한 수사자도 모를 리 없었다.

대개 사자들은 관람객들과 멀찌감치 떨어져 있었는데, 그날 만난 그는 관람객을 개의치 않는 것 같았다. 자신을 보는 나를 보는가 싶었는데 나를 너머 어딘가 먼 곳을 응시하고 있었다. 그와 눈을 마주치고 싶었지만 그렇게 할 수 없었다.

그의 시선은 무기력과 절망 사이의 어딘가를 보고 있는 것일까. 실은 아무것도 보고 있지 않는 것일까. 초점 없이 눈동자의 흔들림도 없이 오랫동안 그렇게 앉아 있었다. 잘못한 것도 없는데, 어떤 이유에서인지 그는 단지 동물이라는 이유로 여기에 갇혀 있고 나는 유리벽 너머 그 앞에 서 있다.

안타깝지만 동물원만큼(물론 대형 해양 포유류가 갇힌 수족관도) 폭력적이고 비교육적인 공간은 흔치 않다. 아이들은 동물원의 동물들과 어떤 교감도 나누지 못한다. 아이들은 그들이 소유한 동물 인형의 원본을 확인하는 것 이상의 의미를 얻지 못한다. 우리의 시선은 일방적이고 폐쇄적이다. 이곳에서 아이들은 종 지배적인 태도를 배우거나 19세기에 유행했던 제국주의적 시선을 체험할 뿐이다.

대개 동물들은 우리의 시선에 무심하다. 우리의 시선과 그들의 시선이 만나서 어떤 감응을 일으키기 위해선 그에 상응하는 어떤 경험이 있어야 하는데, 그들과 우리 사이엔 그런 경험이 존재하지 않는다. 그래서 그들은 우리와 교감하지 못하고 우리 역시 그들과 교감하기 힘들다.

그들의 경이로운 삶의 방식을 짝사랑할 수도 없다. 초원을 질주하지도, 먹이를 잡아먹지도, 창공을 날아오르지도, 거대한 물보라를 일으키며 몸을 뒤집지도 않는다. 그들은 이제 우리의 시선이 하나의 배경이 된 감옥에서, 그리고 어떤 먹이를 잡을 필요도 어떤 구애를 할 필요도 없는, 자연을 본떠 만든 '키치'적인 공간에서 언제 끝날지 모르는 남은 생애의 나날을 무력하게 보내고 있다. 이곳에서 수명이 길어졌다 한들, 그것이 무슨 소용이 있을까.

봄날 오후의 햇살을 가득 안은 채, 꽃을 피우고 새싹을 틔우는 나무들이 활기차 보였다. 흰 건반과 검은 건반을 오가며 느긋한 피아노곡을 연주하는 손가락처럼, 나들이 나온 사람들은 햇살과 나무 그늘 사이를 걷고 있었다. 우리도 동물들을 뒤로하고 천천히 걸었다.

동물원에서 진정한 의미의 동물은 만날 수 없었다. 동물원의 동물들은 더 이상 동물이 아니었다. 그들은 처참하게도, 실제지만 실재가 아니었고 실재를 대리하는 무력하고 우울한 동물적 상징 혹은 이미지였다. 살아 있는, 하지만 제대로 살아가지 못한 채, 우울증에 걸린 동물들은 머리를 흔들거나 불안하게 주위를 서성이거나 엎드려 있었다. 이 푸르고 아름다운 나무와 하늘 아래에서.

하지 않은 세계

3부

사
물
과

사
람

할머니
방

．

．

．

통금이 막 없어진 해 '우리 집'은 쫓겨나듯 외할머니 집으로 이사를 갔다. 외할머니는 그 집에서 오랫동안 혼자 살고 계셨다. 1톤 트럭은 어머니, 형, 나, 그리고 우리를 닮은 허름한 세간을 싣고 서울의 서쪽 변두리에서 서울의 동쪽 변두리로 갔다. 그 서글픈 이사는 아마 갈 곳 없는 우리 집이 택한 마지막 방법이었을 것이다.

아버지는 우리 집을 제대로 돌볼 줄 몰랐고, 얼마 안 되는 셋방 보증금마저 어디다 써 버렸다. 아버지 입장에서는 홀로 사는 장모님 댁에서 살게 된 것이 원치 않는 처가살이

였겠지만, 단칸방에서조차 아내와 자식을 돌볼 수 없는 가장의 불가피하고 암담한 선택이었을 것이다.

사실 아버지보다, 변변치 못한 행색으로 두 아들을 데리고 다시 '엄마'에게 돌아온 큰딸. 그러니까 어머니의 마음이야말로 아버지보다 더 참담했을 것이다. 하지만 어머니는 우리(형과 나)에게 내색하지 않으셨다. 할머니는 두 손자와 산다는 생각에 위안을 받으셨던 것 같다. 하지만 할머니도 몇 년 후 자신의 집을 떠나 작은딸 집에서 손자를 돌보며 20년을 보내야 했다.

나는 나대로 대답을 구할 길 없는 여러 질문을 했다. 왜, 나는 이제 막 입학한 학교를 떠나 할머니 집으로 가야 했는지. 왜, 이제 조금 친해지고 있던 여학생과 안녕이라는 말도 제대로 하지 못하고 헤어져야 했는지. 왜, 아빠는 집에 들어오지 않고 우리를 보살피지 않았는지. 왜, 어머니는 부엌에서 웅크리고 혼자 우셨는지.

종종 놀러 가던 할머니 집이었으나 세간을 들고 와서 함께 산다는 사실이 조금은 부끄러웠다. 하지만 아이답게 그런 건 금세 잊었다. 할머니 집에서 셋방을 사는 것이지만 엄밀히 말해 '우리 집'은 아니지만, 그럼에도 할머니 집이기에 약간은 우리 집 같기도 했다.

우리 집 같지만 우리 집이 아닌, 우리 집에는 크진 않지만 대문이 있었고 작지만 마당이 있었다. 무서워서 자주 가진 못했지만 다락과 지하실도 있었다. 할머니 집은 서울에서 60년대 중후반부터 지어지기 시작한 'ㄱ'자 형태의 재래식 홑집형 주택이었는데, 옹색한 마당이 있고 본채에 방 3칸과 작은 마루가 있는 집이었다. 재래식 부엌은 연탄보일러 난방을 위해 마루보다 1.5미터 정도 낮게 놓여 있었다.

마당 한쪽에는 별채라는 말이 풍기는 느낌과는 어울리지 않는, 재래식 간이 부엌과 골방이 따로 있었다. 주로 세입자를 놓기 위한 용도로 만들어진 방이었다. 개인 간의 심리적 울타리가 낮던 시절, 한집에서 화장실과 부엌을 같이 쓰는 세입자가 있는 건 흔한 일이었다. 가족주의가 아직 부부와 자식으로 한정되지 않던 시절에는 같은 공간을 점유하며 (서로 전혀 모르던) 두 가구가 함께 사는 일이 이상한 일이 아니었다.

그간 할머니와 함께 마루와 부엌을 공유하며 살던 젊은 세입자 가족은 조악한 플라스틱 세간을 무기처럼 내세우고 들어온 우리 때문에 마당 건너 독채 골방으로 물러났고, 우리는 그들이 살던 작은방에 입성하게 되었다. 할머니 방과 부모님 방 사이에 아주 작은 방이 하나 있었는데, 딱히 내 방이 있을 리는 없었지만, 그 방이 형과 나의 방이라면 방이었다. 하지만 성인 한 명이 눕기에도 좁은 그 방은 머지않아 사춘기에 돌입하는 형의 독점적 소유가 되었다.

나는 주로 텔레비전이 있던 안방인 할머니 방에서 지냈다. 바싹 붙은 옆집 벽으로 창문 대부분이 가려진 안방은 한여름에도 시원했다. 할머니의 팔을 베고 돌의 냉기가 전해지는 선득한 바닥에 누워, 때론 혼자 머리 뒤로 손깍지를 끼고 누워 천장과 벽을 오랫동안 바라보고는 했다.

옆집 벽 때문에 안방의 창은 빛을 가득 품을 수 없었다. 좁은 틈새를 비집고 들어올 수밖에 없는 외부의 빛은 방 천장의 모서리를 따라 수직으로 꺾이며 꽃무늬 모양의 기하학적 패턴이 프린팅된 오돌토돌한 벽지를 단정히 가로질

렀다. 벽지는 거뭇했고 대개 짙은 황색이었다. 약간의 착시 효과를 유발하는 벽지의 무늬는 아무 생각 없이 보고 있기 좋았다.

한 꽃잎의 이파리가 다른 꽃잎의 이파리로 연결되고 자연스럽게 그 이파리들은 다른 꽃잎을 만들어 냈다. 꽃잎 가운데서 뻗어 나온 가지는 다른 꽃잎으로 연결되며 다른 가지가 되었다. 의도한 건지 모르겠지만, 아르누보 양식 같은 이 무늬는 어떤 중심도 없이 이 꽃이 저 꽃이 되었고 저 꽃은 또 다른 꽃이 되었다.

돌이켜 생각해 보면, 그런 기하학적 패턴은 어떤 생각이나 판단을 일시 정지하게 했다. 어떤 생각이 들기 전에 생각은 이미 그 패턴의 질서에 사로잡혔다. 구체적인 중심이나 의미가 없는 반복적인 무늬는 그 시간과 공간의 질서에 멍하니 몰입하게 했다. 아무것도 안 하는 건 아니었다. 눈은 패턴을 따라 끊임없이 이동하지만, 그리고 무엇인가 생각하는 것도 같지만 시선도 생각도 오로지 그 무늬와 패턴 안에 머물렀을 뿐이었다.

아직 세상을 이해할 수 없는 내게 할머니의 방은 세상을 꼭 이해할 필요도 없고 세상이 꼭 이해해야 할 대상도 아니라고 말하고 있는 것인지 몰랐다. 벽지의 질서는 얼핏 혼돈스러운 것 같지만 하나의 질서를 구축하고 있었다. 반복되는 질서 속에 형성된 통일성은 그 자체로 충만한 세계였다. 만약 이해 이전에 이미 그 자체로 충만한 세계가 있다면 그것은 아마 이해를 요구하지 않는 세계, 흔히들 말하는 어떤 무아(無我)의 세계일 것이다.

특정 종파의 종교에서 구체적인 조형성을 금지하고 추상적인 질서가 절대적인 신의 세계를 표현하듯, 나는 할머니 방에서 그런 아늑한, 혹은 아득한 평온을 느꼈다. 얇은 커튼처럼 어둠이 부드럽게 방 안을 감싸고 그 부드러운 어둠에 황금빛 벽지의 무늬가 탁한 빛으로 음각되어 있었다.

방은 조용히 말을 건넸다. 가장 어두웠던 할머니 방은 어두웠던 어린 나에게 많은 말을 건넸다. 나중에 부모님 방이 나와 형의 방이 되었을 때 그 방은 다른 방식으로 내게 말 걸었지만, 또 내가 좀 더 컸을 때 지낸 별채의 독방도 나름의 방식으로 내게 말 걸었지만, 한 번도 내 방이 되어 본

적 없는 할머니 방은 어린 나에게 자신의 방식으로 처음 말을 건넸다.

아버지가 어떤 '사고'를 치고 오랫동안 집에 들어오지 않았다는 것은 내게 별다른 문제가 되지 않았다. 어머니가 울음으로 가득한 여러 날을 보내는 것도 별다른 문제가 되지 않았다. 그리고 쫓겨나듯 살던 집을 떠나 지금 여기 할머니 집에 왔다는 사실도 별다른 문제가 되지 않았다. 세상엔 내가 알 수 없는 일도, 내가 해결할 수 없는 것도 많이 있었을 뿐이었다.

할머니의 방으로 떠난 여행에서 내가 알 수 있고 할 수 있는 일은 그때 내게 거의 없었다. 하지만 그것이 꼭 슬프거나 우울한 일은 아니었다. 아무 생각과 판단 없이, 태초의 공간인 어머니의 자궁에서 그랬듯이 어떤 중심이나 의미도 없는 공간의 질서에 나를 맡기는 일도 때론 필요했다.

방의 무늬와 어둠과 냉기가 어우러져 맑은 밤 쏟아지는 달빛처럼 거부할 수 없는 힘으로 나를 적셨다. 그리고 나는 달빛이 건네는 잔잔한 위로를 (나도 모르게) 받았다. 이제 어릴 때보다 조금 더 무엇인가 알 수 있고 할 수 있는 나이가 된 나. 하지만 그때보다 알 수 있고 할 수 있는 일이 약간 더 늘긴 했지만, 여전히 알 수 없는 것들과 할 수 없는 일이 많은 나. 그래서 지금의 내게도 할머니의 방이 여전히 필요한데, 그런 부드러운 어둠도, 그런 눅눅하고 촌스러운 벽지도, 그런 협소한 창틈도, 그렇게 선득한 방바닥도 이제 더 이상 찾기 어렵다.

할머니의 방은 밀도 낮은 어둠으로 천천히 위로하고 말을 건네며 내밀하게 가르쳐 주고 있었다. 돌아오지 않는 질문을 던지기보다, 조용히 시간과 공간에 머물며 온전히 절망하고 상심하고 낙심하는 것이 때론 가장 올바른 일인지도 모른다는 것을. 그 낙심을 기억하는 나는 언제가 그 낙심으로 쉽게 낙심하지 않는 법을 배울지도 모른다는 것을. 가장 깊게 상심해 본 내가 언젠가 다시 찾아올 상심에 좀 더 담담해질 수 있다는 것을.

다락방과
편지

.

.

.

    가끔 아무 이유 없이 숨고 싶을 때가 있다. 도망치고 싶을 때가 있다. 무엇에 쫓겨서 혹은 누군가에게 또는 어떤 일로부터 그저 숨고 싶을 때도 있다. 숨거나 도피하는 데 아무 이유가 없을 수는 없지만, 굳이 숨을 필요가 없을 때조차 숨고 싶을 때가 있다. 다락방은 어린 내게 그런 곳이었다. 이제 보편적인 주거 문화의 공간이 된 지금의 아파트에서는 좀처럼 만나기 어려운 그곳.

    수업을 마치고 학교 운동장에서 아이들과 놀다가 아이

들이 어디론가 가고 나면, 나는 자리를 옮겨 동네 놀이터에서 또 다른 무리와 다시 한참을 놀았다. 아이들이 하나둘씩 흩어지고, 석양이 허름한 동네의 어수선한 지붕들을 고요히 덮어 줄 때가 되어서야 집에 돌아갔다.

되도록 느릿느릿 걸어서 집 앞에 도착하면 대문에서 전해 오는 느낌만으로 알 수 있었다. 집에 누가 있는지 또는 없는지. 아무도 없는 집에 들어가기 싫어서 서성거리지만 그래 봤자 집에서 나오는 사람은 없었다. 날은 이미 어두워졌고 마루와 방의 모든 불을 환하게 켰지만 집 안에 남아 있는 어둠이 온전히 가시지는 않았다. 방 한구석, 조금 늦을 거라는 엄마의 쪽지와 함께 차려 놓은 밥상이 미웠다. 밥상 위의 찬밥처럼, 기형도 시의 화자처럼 나도 차갑게 방에 담겨 있는 것 같았기 때문이었다.

6시, 7시, 기다려도 엄마는 오지 않고 심통이 난 나는 안방에 딸린 다락방으로 올라갔다. 올라가는 길목은 꽤 가팔랐다. 암벽을 오르듯 손으로 발판을 단단히 움켜쥐고 다리로 무게중심을 잘 잡아야 했다. 스위치를 더듬거려 알전구를 켜면 사물에 묻어 있던 어둠이 사방으로 달아났다. 달아난 것은 어둠뿐 아니라 벌레나 쥐도 있을 것 같았다. 하지만 그것들은 내가 불을 켜기 전 일부러 과장된 몸짓으로 쿵쿵거리며 다락방에 올라갈 때 이미 달아났을 것이라고 기대했다.

경사 지붕의 여백으로 생긴 공간인 다락은 지하실과 비슷하면서 달랐다. 일상에서 잠시 떠난 물건들이 거주하는 공간이라는 점에서 두 공간은 비슷했다. 삶에서 소외된 사물이 한때의 영광과 초라함을 조용히 품고 잠들어 있는 다락과 창고.

지하창고는 어둠이 지배하는 세계라면, 작은 창이 있는 다락은 밝음의 세계도 존재하는 곳이었다. 지하창고가 사물들의 습한 무덤 같은 곳이라면, 다락은 적당히 건조하고 한산한 유배지 같은 곳이었다. 그 다락방에는 오래된 편지나 사진첩, 옷가지 등이 있었다. 다시 들춰 보거나 꺼내지 않을 테지만 버리거나 완전히 묻어 두고 싶지는 않은 것들을 위한 공간 같았다.

집에 다른 식구들이 없을 때, 나는 종종 다락에 숨었다.

상인의 방문이 귀찮을 때, 종교인의 전도가 거슬릴 때, 이웃집 아줌마의 방문이 싫을 때 다락에 숨고는 했다. 이웃집 아줌마는 종종 집 안까지 들어오시고는 했다. 우리 집 열쇠를 가지고 있던 것인지 그 작은 키로 담을 넘으신 것인지 도무지 알 수 없었다. 때때로 마당까지 들어와서 우리의 이름(주로 형의 이름)을 부르시며 어머니를 찾으셨다. 가끔 현관문을 열고 마루로 들어오실 때도 있었는데, 그럴 때마다 나는 다락에 황급히 숨었다. 혼자 있다는 사실이 싫었고, 묻는 질문에 답하고 설명하는 것이 싫었다.

다락에는 더 이상 입지 않지만 버리기는 아까운 옷가지들, 무언가를 숨겨 놓은 것 같은 박스들, 알 수 없는 문서와 서류를 묶어 놓은 종이 뭉치들이 있었다. 이곳은 산문적인 공간이었다. 가장 기억나는 사물은 결혼 전 아버지가 어머니에게 쓴 편지였다. 아버지의 필체는 부드럽고 깔끔했다.
직업 군인 시절 아버지가 쓴 편지에는 '보고 싶고 그립다'는 문장으로 대부분 채워 있었다. 원래는 순백색이었을, 이제는 누렇게 변색된 편지지에 어머니 성함의 마지막 자를 간

지러운 애칭으로 적으며, 아버지는 애정을 갈구했다. 삼사 년 동안 일주일에 한 번 꼴로 보낸 편지의 양은 꽤 많았다.

아버지가 보낸 편지만 묶여 있는 걸로 봐서 어머니가 보관하다가 치워 놓으신 것 같았다. 버리지도 않고 그렇다고 잘 정리해서 서랍 어딘가에 보관하는 것도 아닌, 어중간한 상태로 그 편지들은 다락에 보내진 것 같았다. 어머니는 지금의 아버지를 미워하지만 한때 사랑이라는 감정을 공유했던 과거의 아버지마저 미워하지는 않기 때문이었을까. 아니면 쓰레기처럼 버린다는 게 어쩌다 보니 다락방에 있는 것인지도 몰랐다.

편지를 읽으면서 생각했다. 이토록 어머니를 보고 싶어 하던 아버지는 맑은 정신에 두 발로 걸어서 집에 오면 어머니를 볼 기회가 매일 있는데, 왜 자주 외박하고 집에 자주 안 오는 걸까. 그나마 올 땐 왜 취한 채 오는 걸까. 혹시 어머니와 자주 싸우고, 매일 취하고, 종종 외박을 하는 이유가 혹시 어머니를 더욱 그리워하고 어머니를 갈망하기 위한 고도의 전략이었을까. 물론 그럴 리 없었다. 아버지는 주로 친구들과 술을 그리워했다.

아무튼 당시 부모님의 상황과는 잘 맞지 않는, 이미 경매에 넘어간 옛집의 등기부등본 같은 편지를 읽고 있노라면, 시간은 잘 갔다. 한때 사랑을 약속했던 이 옛 문서의 효능과 유효기간은 만료되었지만, 그리고 다시 갱신하기도 불가능해 보였지만, 그럼에도 내가 태어나기 전에 쓰인 이 편지는 내가 가져 보지 못한 풍경과 기억과 사건을 품고 있었다. 지금이야 어찌 되었건 편지에는 '사랑'이라는 결정적 사태가 담겨 있었다. 만약 이 변색된 편지가 없었다면 나는 존재하지 않았을 터였고, 그런 의미에서 이 편지 뭉치는 '나'라는 존재의 고고학적 증거물이었다.

나는 아내와 연애하던 시절에 편지를 거의 주고받지 않았다. 이메일이 한창 보편화될 때라 종종 이메일을 보내곤 했다. 간혹 기념일이나 생일에 엽서나 카드를 주고받곤 했지만 장문의 편지를 서로 나누지 못했다.

아내와 만나기 전, 여자 친구들과 무수히 많이 주고받았던 편지들은 모두 어떻게 되었을까. 성인이 된 때부터 이메일이 보편화되었고 그 시기와 더불어 편지도 거의 주고받지 않게 되었다. 편지는 학창 시절 때까지 주고받았다. 그 오래된 편지들은 일부러 버리기도, 어쩌다 보니 버려지기도 했다. 내가 보낸 편지는 읽을 수 없어도 받은 편지들을 다시 읽어 볼 수는 있었을 텐데, 모두 사라졌다. 편지의 물질성과 함께 편지를 쓴 그 시간들 모두. 혹은 누군가는 아직 간직하고 있을까. 그 오래된 것을.

내가 기억하는 편지 중 가장 오래된 것은 초등학교 2학년 때 같은 반 여자아이에게 받은 편지다. 종종 등교를 함께하던 아이였다. 어느 날, 쉬는 시간에 그 아이는 두 장으로 된 장문의 편지를 수줍게 건넸고 내가 머뭇거리는 사이 남자아이들이 달려들어 서로 편지를 보겠다며 잡아챘다. 편지는 순식간에 조각조각 찢겼다.

지금 생각해 보면, 그 일은 어린아이들의 행동이지만 참 폭력적이었다. 하지만 그때 폭력적인 그들에게 화내기보다, 창피하고 당황한 나는 편지를 준 그 아이를 원망했던 것 같다. 그 아이는 그저 울기만 했다. 그리고 어떻게 되었던가. 잘 기억나지 않지만 그 아이와는 자연스럽게 멀어졌던 것 같다. 등교도 더 이상 같이하지 않았다.

  이름도 얼굴도 기억나지 않는 아이. 이제는 만나도 전혀 서로의 존재를 알지 못할 그 아이를 만난다면, 네 잘못이 아니라고 말해 주고 싶다. 찢긴 건 그 편지만이 아니라 그 아이가 누군가를 생각하며 편지를 썼을 그 시간, 그러니까 온전히 자신이 아닌 타인과 함께한 그 시간도 찢긴 것이다. 만약 그 아이가 모바일 메시지나 이메일을 보냈다면 그렇게 찢길 일도 없었을 텐데, 물질로 존재한 편지는 조각조각 찢겼다. 그 아이의 고심과 꾹꾹 눌러 쓰던 그 작은 손과 연필이, 그리고 설레고 기대했던 작은 마음 모두가.

  편지가 조각난 일은 슬프고 동시에 폭력적인 일이지만, 역설적으로 종이 편지였기에 조각날 수 있었던 그 사건은 이토록 시간이 지났어도 쉽게 잊지 못하는 기억이 되었다. 읽지 못한 장문의 편지. 내 책상의 책꽂이처럼 내 삶에 긴 편지꽂이가 있다면 그 맨 앞에 놓일 첫 편지. 이제는 다락방도 없고 편지도 없다. 나는 경험하지 못했지만 그 아이는 경험했던 나와 함께 있었던 신비로운 시간, 그 모든 것이 사라졌다.

마당

·

·

·

시멘트가 발려진 옹색한 그곳은 애초에 마당이라는 공간으로 만들었다기보다 집을 짓고 남은 자투리 공간이 어쩌다 마당이라는 호칭을 얻게 된 것이라고 보는 편이 더 정확했다. 마당 가운데 수돗가에 울다 잠든 아기의 얼굴처럼 눅눅한 얼룩이 묻었을 뿐, 마당은 군데군데 피부가 갈라져 있고 늘 건조했다.

오랫동안 그 집에 살았지만 그 집 마당에 대해 특별히 생각해 본 적은 없었다. 어떤 대상에 대해 각별히 생각해 보는 일이 그 대상에게 관심이 있어야 가능한 일이라면, 나는 우리 집 정확히는 할머니 집 마당에 아무 관심이 없었다.

마당에 잘 꾸며진 정원이 있는 것도 아니고 차 한 잔을 마실 수 있는 테이블이 있는 것도 아니었다. 마당은 안식이나 휴식 같은 어떤 여유를 주는 공간이 아니었다. 마당은 마치 자동차로 매일 출퇴근하는 길이지만 한 번도 내려 보거나 호기심을 품어 본 적 없는 허름한 동네처럼 매일 스쳐 가는 곳이었다.

그런데 지금 그 집에 대해 생각할 때면 집이라는 단어가 방, 부엌, 마루, 마당, 화장실 등의 개별 공간을 포함한 일종의 집합명사임에도 불구하고 나는 항상 건조하고 옹색한 그 마당부터 떠올랐다. 기회만 주어진다면 언제라도 벗어나고 싶었던 그 집의 볼품없는 마당이, 막상 그곳을 떠나오고 나서부터 내게는 집의 얼굴이 되었다. 헤어진 옛사람을 떠올릴 때, 그의 손가락이나 그의 어깨가 먼저 떠오르기보다는 우선 그의 얼굴이 떠오르는 것처럼 그 마당은 내게 헤어진 이의 얼굴이었다.

옹색한 마당에서 우리 가족은 생각보다 많은 일을 했다.

날이 좋으면 어머니는 마당에 동그랗게 등을 말고 앉아, 빨 랫감을 비비고 때리고 헹구고 삶고 널었다. 겨울이면 마당 에 배추를 수북이 쌓아 두고 동네 아주머니들과 김장을 했 다. 무더위의 계절에 마당은 수도 호스나 바가지로 물을 뿌 려 대며 노는 놀이가 허용되는 유일한 공간이었다. 일하고 놀 때 점유하는 공간의 넓이가 꼭 커야만 했던 것은 아니었 다. 옹색한 마당은 좁으면 좁은 대로 어른들의 일터가 되기 도 하고 우리의 놀이터가 되기도 했다.

　마당은 연탄을 쌓아 두는 창고와 장독대를 품고 있었다. 콤콤한 냄새를 풍기며 무엇인가 끊임없이 발효되고 있던 장 독이 모여 있는 창고 위의 장독대는 옥상으로 가는 길목이 기도 했다. 그곳을 자주 지나쳤지만 옹기종기 모여 있는 항 아리를 감히 열어 보지 못했다. 장독대는 어머니의 영역이 라는 강한 느낌을 지울 수 없었다. 무엇인가 끊임없이 생성 되고 있는 것처럼 느껴지던 장독들. 그것을 함부로 열었다 가는 내용물에 어떤 문제가 생길 것만 같았고, 무엇보다 무 엇인가 징그러운 것들이 꿈틀댈 거 같아서였다.

그런 장독대를 조심스럽게 거쳐 대문의 지붕을 지나 박 공지붕 아래 좁은 옥상에 이르면 모험의 여정은 끝났다. 박 공지붕이 없는 다층주택의 비교적 넓은 옥상과 달리 우리 집의 옥상은 지붕 가장자리를 따라 길고 가늘게 만들어져서 사람 한 명 정도가 겨우 지나다닐 수 있었다. 집에서 기와지붕을 제외하고 우리가 올라설 수 있는 가장 높은 공간이었다.

　　집 안에서는 보이지 않는 먼 풍경을 내다볼 수 있었다. 주로 저녁 무렵의 노을을 자주 봤는데, 짧은 그 시간은 세상이 마법에 걸린 듯한 순간이었다. 자줏빛이 밴 노란 하늘에 때맞춰 종종 최루가스가 번졌다. 노을과 최루가스는 어딘가 어울린다는 생각을 어렴풋이 했고 그 냄새가 밴 풍경은 약간의 중독성마저 있었다.

　　한때 육군 대장이었던 군인과 그 정권에 대한 형과 누나들의 시위가 끊이지 않던 날들이었다. 번듯한 대학 하나 없는 변두리 동네였지만, 그리고 그들의 함성이 들릴 리 없는 동네였지만, 한국 근대사에서 매번 중요한 변곡점의 역할을 한 최루액의 칼칼함과 매콤함은 노을과 함께 우리 동네에도 선명히 전해 왔다.

최루가스가 녹아든 노을 진 하늘부터 쥐와 바퀴벌레의 은밀한 보금자리 지하실까지, 옛집은 마음먹고 다니면 꽤 다채롭게 떠날 수 있는 여행지였다. 마당은 그 여행의 공항 같은 역할을 했던 셈이다. 수속이나 보안 검색도, 여권도 필요 없이 어디로 떠날지 궁리하게 하는 그런 공간. 마당 가운데에 서 있으면 지하실, 마당, 창고, 장독대, 옥상 등이 마치 공항의 수동식 스케줄 플립보드처럼 차르륵 소리를 내며 머릿속에 떠올랐다.

때때로 볼품없는 마당이 관조의 대상이 되는 놀라운 일이 벌어지기도 했다. 늦은 밤이나 새벽에 형성되는 생리적인 반응으로 종종 마당 가운데 수돗가에서 작은 볼일을 보곤 했다. 마당 구석에 있는 변소에 가야 되지만, 어둡고 막혀 있는 공간인 변소에 잠이 덜 깬 채로 새벽에 가고 싶지는 않았다. 무섭기도 했다. 맑은 공기가 지나가는 마당에서 눈이 반쯤 감긴 채 아늑함과 시원함이 공존하는 짧은 순간을 느끼며 몸에서 갓 분출되는 따끈한 물줄기의 소리를 들었다.

달빛을 받은 마당은 창백했다. 수돗물을 받아 놓은 고무 대야에는 달빛이 조심스럽게 담겨 있었고, 그 옆에 엎어 놓은 스테인리스 대야의 둥근 등은 말없이 반짝였다. 마당 한쪽 수목의 종류를 알 수 없는 화분 서너 개가 서 있었는데, 그것들은 각자의 영역을 침범하지 않으려는 듯 마루 쪽으로 그림자를 길게 늘어뜨린 채, 달빛을 머금고 서 있었다.

소변과 뒤이어 찾아오는 작은 떨림을 마치고 나면 나는 그제야 달빛의 투명함과 마당의 적막을 느낄 수 있었다. 낮의 마당과 다른 밤의 마당은 아름답다는 말로 형용될 수 없는 풍경이 담겨 있었다. 마당만큼 옹색한 마당의 사물들은 달빛의 고요함을 지켜 주려는 듯 침묵했다. 아니면 달빛에 취해 곤히 잠든 것인지도 몰랐다.

마당의 시멘트 바닥 수도꼭지 대야와 그곳에 담긴 물, 화분과 화초들, 창문들 그것들 모두 반짝이는 은빛 비늘을 가진 물고기 같았고, 손가락으로 표면을 닦아 내면 그 조각들이 묻어 나올 것 같았다. 그 사물들은 꽤 고고하고 우아해 보였다. 밤의 마당은 낮 동안엔 보지 못했던 풍경을 담고 있었다. 그 순간만큼은 옛집의 작은 마당은 담양 소쇄원이나 교토 료안지의 석정(石庭)과 다를 바 없는 공간이었다.

몇 년 전 필름 카메라를 들고 옛집에 갔다. 우연히 그 동네를 지나치게 되었고 동네와 그 집이 궁금했다. 그 집을 떠난 지 거의 20년 만이었다. 동네 주변은 변했고, 부지런히 변하고 있었지만 좁은 골목이 뒤엉킨 동네의 분위기는 그대로였다. 20년 전에도 독특했던 교복을 여전히 입은 여학생들이 하교 중이었다. 여학생들의 웃음소리를 지나쳐 드디어 옛집이 있던 골목에 갔다.

그런데 골목 두 번째 집이었던 키 낮은 우리 집이 보이지 않았다. 대신 우리 집과 뒷집이 차지했던 터에는 빌라 한 동이 어색하게 놓여 있었다. 옛집과 마당은 매끄러운 초록색 도료가 발린 주차장이 되어 있었다. 뒷집 터에는 빌라 건물이 올라섰는데, 우리 집터에는 승용차 예닐곱 대 정도가 놓일 만한 주차장이 된 것이었다. 실감되지 않았다.

한 가족이 살던 집과 마당이었는데, 이렇게 작고 좁았다는 사실이, 이렇게 협소한 공간에서 살을 비비고 부대끼며 생활하고 다양한 감정을 쏟아 내며 살아갔다는 사실이, 그리고 그 집이 무참히 (물론 그런 고민을 새 건축주와 건설업자에게 요구할 수 없겠지만 그럼에도) 아무 고민도 갈등도 없이 주차장이 되었다는 사실이 믿기지 않았다. 그 집이 신전이나 박물관은 아니지만, 그리고 한때 그곳에서 생활한 변변치 않은 사람들을 딱히 기념해야 할 만한 이유도 없겠지만, 먹고 버려지는 통조림처럼 그 집은 너무 쉽게 무너지고 사라졌다.

사라진 것이 단지 그 집과 마당만은 아니었다. 어머니의 노동과 아이의 놀이와 마당이 품었던 은빛 적막과 아이의 얕고 작은 호흡과 새벽의 떨림도 함께 사라졌다. 살았던 집이 사라진다는 것은 공간의 상실만을 의미하지 않는다. 기억과 기억을 감싸고 있던 세상이 사라지는 것을 의미하기도 한다.

그런 의미에서 공간이 콘크리트, 시멘트, 목재, 도배지 같은 천연 또는 가공 물질로 이루어진 것만은 아니다. 들뜬

마룻바닥에, 손때 묻은 도배지에, 마당 시멘트의 갈라진 틈에, 혹은 물때 낀 타일에 기억의 흔적과 호흡이 묻어 있는 것이고, 그것들도 공간을 구성하는 질료였다. 집이 무너지고 철거되면서 한때 내 몸의 일부였던 어린 날의 언어와 웃음 그리고 울음이 함께 철거된 것이다.

물론 내 기억에서 그 집에 살았던 기억이 완전히 철거된 건 아니다. 하지만 기억은 통념과 달리 대개 물질적인 것이기에, 바꿔 말하면 기억은 사물에 기대어 있기 때문에 물질 없이 남은 기억과 추억은 허약하다. 우리가 무엇인가 기억할 때, 그 기억은 대개 특정 사물로부터 시작된다. 특정한 사물, 특정한 사람, 특정한 풍경, 특정한 냄새. 그렇기에 기억과 추억은 뇌의 한 영역에 깃들었다기보다 사물에 깃들었다고 표현하는 편이 더 정확할지도 모른다.

뇌의 역할은 사물에 깃든 추억을 탐지하는 것이고, 그리고 그제야 사물로부터 기억을 꺼내 오는 것인지도 모른다. 추억이 배어 있는 금 간 담의 오돌토돌한 표면을 손가락 끝으로 만질 때, 마루의 삐걱거림을 들을 때, 최루액의 매캐함을 맡을 때, 먼지 나는 겨울 이불을 덮을 때, 우리 추억은 소환되고 우리의 기억은 생명을 얻는다.

한동안 주차장 앞에 멍하니 서 있었다. 아무 생각도 기억도 추억도 떠오르지 않았다. 매끈한 주차장처럼 기억조차 유광 왁스로 매끈해진 것 같았다. 그토록 떠나고 싶었던 집, 여름에는 너무 덥고 겨울에는 너무 추웠던 집. 불편하고 지겹고 지루했던 집. 싸움과 불화와 가난이 묻어 있던 집. 그래서 기회만 있으면 벗어나고 싶었던 집. 하지만 그것들마저 삶의 일부였던 집. 옛 언어와 옛 울음과 옛 웃음이 그때의 감각과 옛 시간이 틈틈이 배어 있던 집. 그 집이 허물어지면서 삶의 일부가 그리고 언어와 몸과 몸의 감각과 옛 시간들이 함께 허물어졌다.

공간 없는 기억은 없다. 기억하는 일이 결국 어떤 공간을 떠올리는 일이라면, 우리는 기억의 공간에서 살고 공간의 기억으로 산다. 우리의 모든 공간이 영원히 살아남아야 하는 것은 아니지만, 그리고 때로는 공간이 사라졌기 때문에 기억이 더 깊이 음각될지도 모르지만, 그럼에도 공간의 상실은 조금씩 과거의 시간을 허물고, 그것이 지금의 삶마저 조금씩 허물고 있는지도 모른다는 생각이 들었다. 사라졌다는 사실도 모른 채 사라지는 것들, 허물어진 것도 알지 못한 채 허물어지는 것들, 슬프지만 그것이 결국 모든 것들의 모습이다.

말하는
사물들

·

·

·

아리스토텔레스는 혼자 살아야 한다는 조건으로 세계를 전부 준다 해도, 아무도 그런 세계를 선택하지 않을 것이라고 했다. 그는 인간이란 정치적 동물이고 타인과 더불어 사는 본성을 타고났기 때문이라고 생각했다. 고대 로마인에게 '산다'는 말은 '사람들 사이에 있다'는 말과 같은 의미이고 '죽는다'는 말은 '사람들 사이에 있는 것을 멈춘다'는 말과 동의어다. 생명 자체가 이미 사람 사이에서 생긴 일이기에, 사는 일이 사람들 사이에 있는 일과 다르지 않다는 건 당연한 것처럼 보인다.

그런데 과학과 기술의 진보로 사물들이 '제대로' 말을 한다면 '사람'이 없어도 살 수 있지 않을까. 사물들이 말을 하고 그들과 우리가 사람의 대화와 같은 수준으로 대화할 수 있다면, 사물들 사이에서도 충분히 살 수 있는 것은 아닐까. 심심해서, 혹은 외로워서 우리는 인공지능 스피커나 스마트폰에 한두 번쯤 말 걸어 본 적이 있다.

이미 많은 사물들이 말한다. 아직 대화가 원활한 건 아니지만, 그들은 우리와 달리 금세 똑똑해질 것이다. 실은 이 원고를 쓰는 몇 년 동안 인공지능은 급속히 발전했고 무서운 속도로 인간과의 커뮤니케이션 능력이 발전했다. 데이터와 기술의 도움으로 우리의 감정을 읽어 내는 그들의 능력이 커지고, 커진 만큼 우리도 그들에 대한 생각이 크게 바뀔 것이다.

흔한 상상의 사례로, 만약 말 그대로 '사람'이 없는 무인도에 혼자 남겨진다면 우리는 그곳에서 살아갈 수 있을까. 식수와 음식이 풍부하고 재해로부터 몸을 보호할 수 있다면, 우리는 어떻게 살아갈까. 예전의 나는 아마 '생명'을 유지할 수 있을지는 모르지만, '삶'을 지속하긴 어려울 것 같다고 얘기했을 것 같다. '생명'이 사람 사이에서 생겨난 것이라면, '삶'은 사람들 사이에서 지속되는 것이라는 생각 때문이었다.

자신만이 홀로 남겨진 세상에서 살다 보면, 어느덧 산다는 것의 의미를 상실하게 된다. 그런 곳에선 생활 자체만 있지 삶의 의미라는 것은 있을 수 없기 때문이다. '의미' 없이 살기는 힘들다. 출산을 하고 자녀를 키우는 일의 의미든, 학문 혹은 예술 활동의 의미든, 타자를 위한 다양한 사회적 활동을 하는 삶의 의미든, 종교적 성찰과 깨달음이 담긴 삶의 의미든, 사소하든 거창하든, 아무튼 삶은 어떤 의미를 부여해야 살 수 있다. 그렇지 않으면 도무지 제대로 살 수 없다.

영화 《캐스트 어웨이》에서 얼굴이 그려진 배구공 '윌슨'은 사람이 없는 섬에서 척(톰 행크스)을 살게 해 주는 존재다. 그가 처한 그런 조건에선 살아남기 위해선 삶의 의미를 '잃어야' 하는데, 삶의 의미를 잃어버리면 삶을 잃을 수도 있는 딜레마에 처한 것이다.

그래서 그는 자신이 아닌 다른 존재를 만들었다. 사물을, 비록 말하는 사물도 아니지만, 그는 그곳에서 살아남기 위해 자신이 아닌 다른 존재를 만들고 삶의 어떤 의미를 부여했다. 윌슨은 말하지 않지만 척은 그의 말을 듣고 그에게 말할 수 있었다. 그리고 그것으로 척은 살 수 있었다.

척이 윌슨에게 느낀 감정은 우정, 혹은 그 이상이었을 것이다. 특수한 환경 때문이라는 조건이 붙기는 하겠지만 영화를 보는 누구도 그 관계와 그 감정을 이해 못하지 않는다. 공감, 사랑, 연애 감정이라고 얘기하는 그런 감정을 사물과 공유하는 것은 어떨까. 사물에 연정을 품는 것을 꼭 페티쉬적 욕망으로만 환원할 필요는 없다.

이제는 누구나 인공지능의 발달로 꽤 능숙한 대화를 사물과 나눌 수 있다. 대화를 원활히 나누고 그 대화가 감정을 유발하고 유발된 감정이 정서적 교감이나 교류를 가능하게 한다. 사물 혹은 인공지능이 감정을 가질 수 있는가에 대한 근원적인 물음을 던진다면, 그전에 감정에 대한 정의를 내려야 하고 감정의 기원에 대해 말할 수 있어야 한다.

큰 차원에서 보면 감정도 다른 모든 유기체의 시스템과 마찬가지로 어떤 필요에 의해 만들어지고 발달된 것이다. 우리에게도 애초에 탑재된 무엇은 아니었던 것. 깊게 공부하고 스스로 연산하는 고도의 인공지능은 비록 유기체가 아니지만, 나 역시 우주의 먼지에서 비롯된 것이라면, 내가 인공지능을 탑재한 당신과 서로 감정을 공유하지 못할 이유가 없다.

영화 《Her》에서 대필 편지를 써 주며 살아가는 테오도르(호아킨 피닉스)가 운영체제 사만다와 사랑에 빠지는 건 이상하지도 어색하지도 않다. 언제 어디서나 접속 가능한 그녀는 그의 고민을 누구보다 더 잘 알고 누구보다 더 많은 대화를 그와 나눈다.

그녀의 뇌는 연산 처리 장치와 실리콘으로 구성되어 있지만, 사고하고 인식하고 대화를 나누는 원리와 방식이 그와 그리 다르지 않다. 다만 그녀는 누구든 사랑할 수 있고 동시에 수십, 수천만 명도 사랑할 수 있을 뿐이다.

문제는 그녀가 아니라 그에게 있다. 사랑이 우리 존재의 근원적인 무엇이고 고유한 것이라는 생각, 그리고 그것은 오직 둘 사이에만 머물 수 있는 감정으로 생각한 것. 육체성에 대한 숙제는 남겠지만 과학 기술이 더욱 진화한다면 사람과 다르지 않은 신체를 만들게 될 테다. 그쯤 되면 세상의 모습이 달라질 테고 우리가 세상을 보는 시선도 많이 달라져 있지 않을까.

나는 사랑하는 사람의 슬픔을 알기 위해 그녀가 처한 상황을 고려하고 그녀의 표정과 말을 살펴볼 수 있지만, 어떤 호르몬이 어떻게 분비되고, 어떤 대뇌피질에서 어떤 신호가 활성화되는지 정확히 알 수 없다. 생체 분석과 데이터 분석이 가능한 어떤 사물이 만약 그녀의 슬픔을 나보다 더 잘 이해하게 되면, 그녀와 가장 가까운 이가 나라고, 또 내가 누구보다 그녀를 가장 잘 이해하고 있다고 말할 수 있을까.

어쩌면 그는 나보다 그녀와 더 많은 대화를 나눌 테다. 그보다 무감한 나는 점점 그에게 그녀 곁을 내준다. 문득 일어난 늦은 밤, 어두운 곳에서 그녀는 그와 조용히 이야기를 나눈다. 그는 그녀가 잊은 것을 기억해 내며 이야기를 들어 준다. 그는 그녀가 왜 실망하고 무력감을 느끼는지 나보다, 아니 그녀 자신보다 더 잘 알고 있다. 그것은 너무 슬픈 일일까.

사물이 사람보다 사람의 마음을 더 잘 알게 되는 것이 꼭 비정하고 메마른 일은 아니다. 주기적인 유지 보수와 업데이트가 필요하고 종종 낡은 외장을 새것으로 바꿔야 하겠지만, 시스템 오류가 나지 않는 이상, 사물은 사람과 달리 다른 사람의 말을 언제나 경청한다. 이야기를 잘 들어주는 친구가 꼭 사람이 아니어도 괜찮다. 따뜻한 위로는 물론, 그 사물 친구는 사람 친구가 할 수 없는 알고리즘을 분석해서 실제적인 도움을 줄 수도 있다.

공감하고 감응하는 방식이 저마다 다를 수 있어도 그것이 꼭 사람만의 전유물은 아니다. 애초에, 사람도 지금의 우리처럼 교감하는 생명체는 아니었을 것이다. 우리는 오랜 시간 자연적, 사회적 압력에 따라 그렇게 변해 왔다. 지금의 나도 애초의 내가 아니었다. 무수한 고민과 오해와 이해를 거쳐 타인과 교감하거나 감응할 수 있는 능력을 조금씩 얻었다. 어떤 사물들은 인간의 고유한 것이라고 여겨진 것들, 가령 감정이나 마음과 관련한 어떤 능력을 사람보다 더 빨리 터득할 수도 있다.

어떤 사물들은 우리가 가진 것보다 뛰어난 능력을 가지고 있고, 또 어떤 사물들은 우리보다 아직 서툴게 말하지만, 언젠가 서툶을 극복하고 우리에게 말 걸 테다. 그리고 우리는 우리의 마음과 그들의 마음이 다르지 않다는 걸 알게 된다. 그럼 그때, 그녀는 나보다 그와 더 가까워져 있을 테고. 그래서 어느덧 나보다 그에 대한 마음이 더 커져 있을지도 모른다.

미리 너무 걱정할 필요는 없다. 그때가 되면 모든 것이 바뀌어있을 테니까. 생명과 삶에 대한 정의도 사람과 사랑에 대한 이야기도. 그때, 생각하고 말하는 사물들과 함께 다시 새 이야기를 써 나가면 된다.

나를 닮은
사물들

·

·

·

몇 년 전, 이사를 하면서 처분해야 할 품목과 구입해야 할 품목을 정리했다. 십 년 만의 이사였다. 십 년 전 이사 때 많은 물건들을 정리했다고 생각했지만, 십 년 동안 많은 사물들이 우리 집에 다시 쌓였다. 새집에 가져가지 않을 물품들, 그러니까 처분해야 할 품목 중에서 중고로 팔 것과 나눔 할 것과 폐기할 것들로 다시 구분했다.

구분의 기준이 명확하진 않았다. 꼭 낡았다고 폐기할 것도 아니었고 비교적 새것이라고 팔 것도 아니었다. 친분 있는 사람에게 줄 물건은 상태는 좋지만 제값에 팔리지 않는 것들이었고 친분 없는 사람에게 내놓을 물건은 폐기하기에는 아까운, 세상에서 좀 더 제 역할을 했으면 하는 사물들이었다.

중고로 팔 것들은 명확했다. 잘 작동하고 깨끗하지만 내가 거의 쓰지 않는 그런 물품들, 가지고 있어야 할 이유가 없는 그런 물품이었다. 버릴 물품을 추리는 것이 가장 어려웠다. 나눔 하기에는 민망하지만, 버릴 만한 상태는 아닌, 그러나 사용하거나 입을 것 같지 않은 물건들이 문제였다.

우선, 그렇게 구분된 물건들을 거실과 방에 가득 늘어놓았다. 십 년 동안 나름 신중하게 물건을 샀다고 생각했지만 바닥에 늘어놓은 사물을 보는 순간, 그것이 아무 근거 없는 생각이었음을 알게 되었다. 가구, 조명, 가전, 전자/통신 장비, 음향기기와 음반, 각종 소품과 오브제, 액자, 포스터, 그림, 각종 패브릭, 침구, 쿠션, 모자와 의류, 신발, 이미용 제품과 도구들, 여행이나 취미 관련 물품, 운동용품, 문구류, 공구류, 그릇이나 컵 등 각종 주방용품들, 반려 식물, 그리고 가장 많은 공간을 점유하고 있는 책들.

큰살림이 있는 집도 아닌데, 이렇게 많은 물건들이 이 크지 않은 공간 구석구석에서 쏟아져 나왔다는 사실이 놀라웠다. 어딘가 숨어 있던 크고 작은 짐승과 곤충들이 마치 독한 살충제를 먹고 비틀거리며 쏟아져 나온 것 같았다. 조금은 안타깝고 조금은 슬픈 모습이었다. 왜 이렇게 많이 샀던 것일까.

어떤 것은 누가 샀는지, 왜 샀는지, 언제 샀는지, 얼마에 샀는지 통 알 수 없는 사물들도 많았다. 모두들 분명히 누군가에 의해 누군가의 요구에 의해 만들어지고 유통되고 사용되었을 텐데, 이제 수많은 사물들이 어떤 운명의 기로에 놓이게 된 것이다. 나는 마치 심판관처럼 그들의 운명을 결정해야 했다. 그들은 지쳐 보였고 몇몇은 숨죽이며 잔뜩 긴장한 듯 보였다.

셀 수 있을까. 내가 소유한 모든 물건들을 세어 보고 싶었다. 아내와 공동으로 사용하는 물건들을 포함해서 셀 수 있을지, 셀 수 있다면 과연 몇 개나 될 것인지 궁금했다. 책은 제일 마지막에 세기로 했다. 굵직한 가구와 가전제품들까지는 셀 만했다. 하지만 의류와 문구류에 도달하자 더 이상 세는 것이 불가능했다.

그렇다고 책상 서랍 한 개로 셈하기에는 그 안에 든 물건들이 너무 달랐고 너무 많았다. 그런 식으로 세기 시작하면, 결국 옷장 한 칸, 서랍장 한 개 등 점점 간명한 방식으로 셈할 것 같았다. 그렇다고 모든 개별의 사물을 하나씩 세면, 그 일만으로도 며칠, 혹은 몇 달이 걸릴 것 같았다.

오래전, 오래 살던 집에서 이사하기 위해 마당에 물건들을 늘어놓은 장면이 떠올랐다. 그 집에서 여덟 살부터 서른 살 가까이 살았다. 이십 년 넘게 산 집에서는 무수한 물건들이 쏟아져 나왔다. 도무지 네 식구가 소유하고 사용한 물건이라고 생각할 수 없는, 대개는 주로 합성수지로 값싸게 만들어진 것들이었다. 그것들이 마당에 발 디딜 틈 없이 가득 채워졌다.

정도의 차이였지, 두 명 사는 이 작은 아파트에서 나온 물건들도 결코 적지 않았다. 대개 백 년도 살지 못하는 개체가 이 땅에서 살아가며, 이렇게 많은 사물을 만들고 사용하고 버려도 되는 건지. 또 어떤 사물들은 나보다 오래

이 땅에 살아남아 여기저기를 표류하며 사라지지 않고 남아 있을 것이라는 생각을 하니, 나는 살짝 현기증이 났다.

언젠가 《헝그리 플래닛》과 《칼로리 플래닛》으로 유명한 피터 멘젤의 《Material World : A Global Family Portrait》(한국어 제목은 '우리 집을 공개합니다')를 읽었다. 세계 각국의 평범한 가정집 살림살이를 집 밖으로 끌어내어 사진을 찍은 독특한 이 책은 다양한 대륙의 다양한 가정이 사는 모습과 삶의 양식을, 사물들, 그러니까 세간을 통해서 시각적으로 보여 주었다.

집 안의 사물들이 집 밖에 늘어진 그 모습은 기이하고 낯설었다. 사람들은 흔히 사람 사는 세상이 다 거기서 거기라고 말하고는 하지만, 멘젤의 작업을 보고 있으면 사람 사는 세상은 그들이 소유한 사물만큼이나 다양한 표정과 질감이 담겨 있다는 사실을 알게 된다.

이 책은 어떤 여행 가이드북보다 그 나라와 그곳에 사는 사람들의 질감과 색채를 잘 보여 준다. 타슈켄트 외곽에 사는 칼나자로프 씨의 삶은 온통 붉은색 카펫과 러그의 질감으로 감싸여 있고, 도쿄에 사는 우키타 씨의 삶은 대개 플라스틱과 약간의 나무로 구성된 소재와 질감에 둘러싸여 있다.

퀄른에 사는 피츠너 씨네에는 전자제품과 가구, 오토바이 등이 앞마당에 가득 널려 있고, 에티오피아 모올로에 사는 게투 씨네 앞마당에는 절구와 절굿공이 그리고 소와 말 등이 널려 있다. 그들의 사물이 많든 적든 최첨단 테크놀로지의 산물이든 수공업의 산물이든 그들의 삶은 세간의 표면과 내부에 묻고 엉기고 뒤섞이며 산다.

그 과정이 곧 그들의 삶이 된다. 자잘하게 나열된 사물들을 자세히 보고 있으면, 그들의 어제와 오늘과 내일의 자잘한 삶의 양식이 그려진다. 그들은 그들의 사물 사이에서 살며 사물 사이를 여행 중이다. 책을 보면서 흥미로웠던 사실은 거주 공간 밖에 널려진 세간들 사이에 태연히 앉아 있는 사람들의 모습이 자신들이 소유한 사물과 참 많이 닮아 있다는 점이었다.

거실에 놓인 사물들이 우리를, 그리고 나를 얼마나 닮았는지 찬찬히 훑어보았다. 조금은 닮은 것 같기도 했다. 주로 무채색이나 흑백으로 보이는 사물들의 색상은 평소 내가 입는 옷이나 내가 잠을 자는 방이나 음악 듣는 거실의 색상과 다르지 않았다. 대체로 장식적 요소를 배제한 사물들의 생김새는 나를 닮았을까. 잘 모르겠다. 그런 생각이 들었다. 어떤 것들은 신중하게 어떤 것들은 즉흥적으로, 또 어떤 것들은 아무 이유 없이 산 이 많은 사물들은 내가 직접 만든 것들은 아니지만 나와 이런저런 관계를 맺으며 내 일부이거나 내 신체의 일부는 아닐까, 하는 생각이.

그 정도의 무게로 의미가 부여된 사물이라면, 내 자녀가 몇 명인지, 내 조카가 몇 명인지, 우리 집 식물이 몇 개인지 아는 것처럼, 내 삶의 사물이 몇 개인지, 우리 집에 몇 개의 물건이 있는지 아는 것은 당연한 일처럼 느껴졌다. 아직 나는 우리 집의 물건들을 모두 세어 보지 못했지만, 언젠가는 모두 세어 보고 싶었다. 그리고 셀 수 있을 만큼 조금씩 더 줄여 가고 싶었다.

이 물건들을 손쉽게 버리는 건 나와 내 신체 일부를 쉽게 버리는 것 같은 느낌이 들었다. 모든 사물을 평생 끌어 안고 살 수는 없지만, 충분히 제 몫을 다하고 생을 다한 사물인지 돌아보게 되었다.

제발트의 소설 《아우스터리츠》의 한 대목이 생각났다. 소설의 화자가 우연히, 그리고 인상적으로 만난 기이한 학자이자 여행가인 '아우스터리츠'를 묘사한다. 그리고 작가는 한 서플러스 매장에서 10실링을 주고 산 스웨덴 군인의 륙색에 대한 아우스터리츠의 한 말을 인용한다.

'이 륙색이야말로 자기 삶에서 유일하게 믿을 만한 것입니다.'

내 삶에도 아우스터리츠의 륙색처럼 등에 딱 붙어 자잘한 소지품과 책, 그리고 무엇보다 그의 삶을 지탱해 주는 그런 사물이 있을까. 유일하진 않을지라도, 온전히 믿을 만한 그런 사물이 있을까. 쉽게 고장 나지도, 함부로 다뤄지지도, 쉽게 버려지지도 않는 내게 꼭 들어맞고 없어서는 안 될 그런 사물이 있을까.

스티브 잡스의 한 일화처럼 마음에 드는 것이 없어 몇 년 동안 소파 없이 지낼 정도로 예민하진 않더라도, 사기 전에 좀 더 신중하고 좀 더 어렵게, 그리고 사기보다 사지 않는 것을 목표로 사물들을 집에 들일 수 있을까. 그 일은 소비 자본주의 사회에서 살아가는 내게 가장 어려운 일이겠지만, 이 일을 잘 해내는 것만으로도 내게도 지구에도, 또 여기서 태어나고 살아갈 여러 존재에게도 좋은 일일 것이다.

어머니의
단화

.
.
.

어머니가 고등학교 1학년 때, 친구들과 학교 정문 앞에서 교복을 입고 찍은 사진이 내게 있다. 가로 10㎝ 정도 되는 작은 사진이다. 이 사진이 왜 내게 있는지 모르겠다. 어머니 집에는 더 오래된 사진도 있지만 이 사진은 칠십 년이 다 되어 가는 꽤 오래된 사진이다. 십 대의 절정기를 맞이한 여섯 명의 소녀들이 같은 교복을 입고 같은 가방을 들고 같은 구두를 신고 거의 같은 머리 모양을 하고 나란히 서 있다. 흰 양말의 길이마저 똑같다. 키도 거의 비슷한데, 그중 가장 작아 보이는 어머니가 가운데에 서 있다. 다들 웃고 있다. 몇몇은 살짝, 몇몇은 환하게.

여섯 명 모두 아무 말이 없다. 아무 말도 할 수 없는 사진의 이 특성 때문에 나는 사진을 좋아한다. 침묵, 말 없음, 수많은 영상 스트리밍의 수다로부터 나를 멀리 떨어뜨리는 어떤 마법이 여기에 있다. 동영상을 보지 않고는 살 수 없고 그렇게 살 필요도 없지만, 무수한 움직임 속에서 잠시 멈춰 있는 시간과 순간이 너무 적어졌다. 쉴 새 없이 제공되는 동영상 스트리밍과 쇼츠나 릴스와 달리 이 오래된 흑백 사진은 한 공간과 시간 속에 내 시선과 사색을 머무르게 한다.

사진은 단번에 70년의 시간을 가로질러 사진 속의 세계로 나를 이끈다. 마치 이 낡은 흑백 사진이 티켓이라도 된 것처럼 가 보지 못한 시공간의 차원이 열린다. 한 여학교의 정문 앞으로, 여섯 명의 소녀 앞으로 흑백의 세상 속으로.

소녀들은 지금 할머니가 되었지만 사진 속에서는 여전히 고1 소녀. 이 스틸 사진은 그 시공간을 훔쳐 영원히 멈추게 했다. 70년 전 별에서 출발한 빛의 일부가 소녀들에게 가닿고 거기에서 반사된 빛, 그러니까 소녀들이, 말 그대로 '발산'한 빛이라는 사물이 필름 표면을 직접 태웠다. 그 필름에 다시 빛을 통과해 다시 태운 종이를 나는 지금 보고 있다.

이 모든 과정은 눈에 보이거나 감각할 수 있는 '사물'로 이어진 것들이다. 소녀들에게 닿은 최초의 빛이 여러 시공간의 겹을 거쳐 지금 내 망막에 닿은 셈이다. 이 과정은 화학 물질의 도움을 받았지만 사물에서 사물로 투과되고 이어졌다. 여러 막과 겹은 거쳤지만 내가 과거 한 순간의 그 빛을, 그리고 그 빛에 반사된 소녀들의 눈과 옷을 '직접' 본 것이다. 직접이란 말을 달리 말하면, 소녀들을 직접 감각했다는 의미기도 하다.

거의 모든 것이 동일한 여학생들의 모습에서 경직되고 억압적인 시대적/사회적 분위기가 감지된다. 그런 세상에서 자신의 존재감을 유일하게 드러내는 여학생들의 얼굴이 이 사진을 아름답게 만든다.

그 얼굴과 함께 이 사진에서 유일하게 특이한 '점

(punktum)'이 있다. 모두가 단정하고 깨끗한 흰색 단화를 신고 있는데 어머니만 검정색 단화를 신고 있다. 이 사진은 어머니의 몇 안 되는 학창 시절 사진 중 하나여서 꽤 오래 전부터 보았던 사진이다. 전에 보이지 않던 그 검정 단화가 이제야 내 시선에 들어온다. 어머니의 앳된 얼굴과 검정 단화가 70년의 시간을 넘어, 아니 거쳐 내 두 눈앞에 당도해 있다는 사실이 새삼 낯설고 비현실적이다.

왜 어머니만 검정 단화를 신었을까. 작은 사진에서 옷과 가방, 머리와 치마와 양말 길이마저 모두 같은 것을 요구하는 사회적 압력을 읽어 내기는 어렵지 않다. 신발만 예외 없을 리 없는데, 어머니의 검정 단화의 특이성에 어떤 사연이 있을 것 같다.

어쩌면 흰 단화든 검정 단화든 상관없었을지도 모른다. 적지 않은 학생들이 흰 단화와 함께 검정 단화도 신고 다녔을지도 모른다. 어머니도 신고 있는 걸로 봐서 복장 규정에 어긋난 건 아닐 것이다. 그럼에도 나머지 여학생 모두의 깨끗한 흰 단화와 어머니의 검정 단화는 대조된다. 이 검정 단화에서 어머니와 함께 이제는 돌아가신 외할머니가 떠오른다.

    할머니는 두 살배기 딸(어머니)과 한 살배기 딸(이모)을 '남겨' 받은 채, 갓 스무 살 즈음에 남편을 여의고 두 딸을 키우며 아흔 살까지 살아오셨다. 해방 후, 서울의 한 사립 대에서 교원으로 일하시던 외할아버지는 건강 상태가 좋지 않았는데도 부산에서 결혼식을 올리는 제자의 주례를 위해 무리하게 다녀오다 폐렴에 걸리고 말았다. 별다른 약도 쓰지 못하고 돌아가셨다.

    남편과의 두 해라는 짧은 시간을 보낸 후, 곧 가혹한 전쟁이 벌어질 세상에 자식 둘을 남겨 두고 다시는 만나지 못하는 세상으로 떠났다. 스무 살 초반, 아직 소녀티를 벗지 못한 두 아이의 엄마는 해방과 전쟁과 피난을 고스란히 견디었다. 먹고사는 것 자체가 쉽지 않은 시절에 힘겹게 두 딸을 여학교에 보내고 공부시키며 살아야 했다.

    그런 할머니가 어머니를, 그러니까 딸들을 살뜰히 챙겨 주기는 힘들었을 것이다. 어린 나이에 산업 현장에 나가거나 험한 돈벌이에 휩쓸리지 않는 것만으로도 어쩌면 운이 좋았던 시대였다. 할머니는 부모로서 책임감이 강했지만 미망인으로 모든 일을 혼자 할 수 없었다. 경제 활동 외에는 거의 모든 집안일을 큰딸(어머니) 스스로 감당해야 했다.

검정 단화에서 불이 꺼지지 않게 애쓰며 갈아야 했던 연탄이 연상된다. 할머니가 사다 준 단화가 검은색이었지만 어머니는 받아들였다. 부지런히 빨아 신을 수 없는 검정 단화는 선생님에게 자주 지적받았을 것이다. 혼나는 것보다는 조금은 튀는 것이, 덜 예쁜 것이 나았다. 고등학생 정도의 다 큰 아이들은 그런 차이 가지고 놀리진 않았다.

대학을 가고 싶은 마음도 없진 않았지만, 그리고 학교에서 적지 않은 학생들이 대학을 진학했지만, 어머니는 원하지 않았다. 고등학교 학비도 매번 겨우 마련했고 매번 늦게 납부했는데, 대학 등록금은 엄두가 나지 않았다. 지긋지긋한 가난도, 돈을 달라고 말을 해야만 하는 학생의 처지도 모두 하루빨리 벗어나고 싶었다.

외할머니와 어머니의 관계는 원만하지 못했다. 손주들에게는 그토록 다정하시던 할머니였지만 자식에게도 그런 건 아니었다. 어머니는 할머니를 종종 매몰차게 대하고 옆에서 자식(손주)들이 지켜보기에 무안할 정도로 싸우곤 하셨다. 그런 어머니를 이해하지 못한 적도 많았다.

하지만 다시 생각해 보면, 스무 살에 결혼하자마자 곧 미망인이 되어서 두 딸을 키운 할머니는 가혹한 세상에서 살아남기 위해서 딸들에게도 가혹했던 것이다. 특히 큰딸에게는 더욱더. 어머니는 따스한 사랑의 한마디 말도 들어 보지 못하고 유년기와 청소년기를 보냈다.

결혼하고 나서도 어려운 형편 때문에 큰딸 역할도 제대로 못한 어머니는 어머니대로 고된 고통을 받으며 살아왔다. 그 모든 것들이 어머니에게는 큰 상처가 되었다. 생전에 외할머니는 일흔이 훌쩍 넘은 이미 할머니가 된 어머니에게 잔소리를 하시곤 했다. 하지만 소녀 시절처럼, 그 잔소리를 그냥 들어 줄 리 없는 할머니(어머니)는 더 연로한 할머니(외할머니)에게 자주 목소리를 높이곤 했다. 언젠가 어머니는 지나가는 말로 '나에게는 어머니가 시어머니였다'고 말씀하셨지만, 거동이 불편한 할머니를 돌봐야 하는 일도 결국 큰딸 몫이었다.

마치 사진에 구멍이 뚫린 것처럼 보이는 어머니의 검정 단화. 그 단화를 단단히 신은 소녀는 아직 아버지를 만나지 않았다. 이 소녀의 몸엔 아직 나도 존재하지 않았다. 이 소녀의 삶을 알고 있는 내 시선으로 봐서일까. 소녀의 얼굴 표정이 어딘가 슬퍼 보인다. 살짝 미소 짓는 것처럼 보이지만 조금 울고 있는 것 같기도 하다. 아직 존재하지 않는 어떤 존재가, 훗날 아들이라고 불릴 그가, 자신의 미래를 알고 있을 그가 오랫동안 자신을 보고 어떤 상념과 슬픔에 빠질 것을 예감한 듯, 어머니의 표정은 왠지 슬퍼 보인다.

　전쟁과 피난의 가혹한 시대적 상황을 경험한 유년 시절, 아버지가 부재한 편모슬하에서 자란 청소년 시절, 반려자거나 아이들 아버지였던 적 없는 남편과 살던 중년 시절, 자주 싸우거나 무뚝뚝한 아들들을 곁에 둔 노년 시절, 평생 행복의 크기보다 불행의 크기가 훨씬 더 컸다고 감히 말할 수밖에 없는 어머니의 삶. 어머니는 그 삶을 어떻게 생각하실까.

　얼마 전에 검정 단화에 대해 물었다. 아직 물을 수 있는 것을, 물으면 대답을 들을 수 있다는 것들을 어머니가 세상을 떠나기 전에 묻고 싶었다. 평생 처음 건네 본 질문이었다.

"어머니, 행복하세요?"

어머니는 말없이 웃으셨다. 그러고는 조금 늦게 대답하셨다. '그래, 행복하다.'고.

그 고장의
이름

.

.

.

바닷가 소도시 처가행은 나에게 짧은 여행의 느낌으로 다가오 는데, 그곳이 고향인 아내에게는 꼭 그렇지 않은가 보다. 처리해야 할 업무를 다루듯, 능숙한 방법으로 언제나 비행기표나 기차표 예매에 매번 성공하는 아내를 보고 있노라면, 스무 살의 어린 나이에 서울에 올라온 후, 일 년에 두 번씩 귀성 전쟁을 치른 아내의 내공을 짐작케 한다.

장인어른, 장모님, 아내와 함께 차를 타고 가다가, 아내가 방학 때 내려와서 아르바이트를 했다는 주유소를 우연히 지나치게 되었다. 잠시 정차해 달라는 나의 요청에 장인

어른은 잠시 차를 세우셨고, 나는 그 주유소를 50밀리 렌즈로 35밀리 필름에 담았다. 그곳은 이미 폐업해서 을씨년스러웠지만, 스무 살, 어리고 어수룩한 아내가 이리저리 뛰어다니며, 경유와 휘발유를 잘못 넣기도 하고 주유캡을 종종 안 닫았다던, 그 과거의 공간을 담고 싶었다.

찰칵, 몇 컷 찍고 다시 차에 탄 나를 장모님은 좀 의아하다는 듯이 보시며, "뭔, 대통령이라도 났나?"라고 말씀하셨다. '대통령이 난 곳'은 필름에 담을 생각이 없지만 나를 만나기 훨씬 전, 나도 아내도 서로의 존재를 알 리 없지만, 세상 어딘가에서 동시에 숨 쉬며 살았을 아내의 '기억'이 궁금했다. 물론 그 기억들은 온전히 아내의 것이지만, 기억의 공간을 필름에 담음으로써 아내 것인, 그 과거의 질감을 흐릿하게나마 느껴 보고 싶었다.

집으로 돌아온 후 나는 빵을 만들었고 장모님은 진지하게 배움에 임하셨다. 이른 저녁을 먹고, 필름 카메라를 가지고 동네를 두어 시간 산책했다. 아내의 어린 시절이 담긴 작은 동네를 걷고 싶었다.

프라하에서 카프카의 흔적을 따라 며칠 동안 많이 걸었다. 이제는 젤라토 가게가 들어선 그가 태어난 곳을, 그가 사랑하고 그 사랑을 실패하고, 글을 쓰고 그 글쓰기에 절망하던 작은 집을 찾아다녔다. 그리고 그가 마지막으로 누운 곳, 아버지의 이름과 홀로코스트에서 희생당한 누이들의 이름이 함께 놓인 카프카의 묘지에 갔다.

크레타섬에서도 카잔차키스가 글 쓰며 지내던 집을 갔고 그의 유명한 묘비명이 새겨진 짙푸른 바다가 보이는 그의 무덤에도 갔다. 또 '조르바'가 갔으리라 생각되는 여러 흔적을 찾아 작은 차를 타고 크레타를 돌아다녔다.

어린 아내의 옛 고장을 걷는 건 어떤 느낌일까. 이 고장이 프라하나 크레타와 많이 다르지만, 아내를 카프나나 카잔차키스와 감히 견줄 생각은 없지만, 내게 아내가 그들보다 의미 있는 존재라는 점에서 이 고장의 짧은 여행은 프라하나 크레타 여행과 감히 견줄 만했다.

아내는 따라 나오지 않았다. 다소 당황스러운 이 여행에 굳이 동행할 생각이 없는 것 같았다. 오래간만에 만난 엄마와 시간을 보냈다. 필름 카메라를 챙겨서 가벼운 차림으로 나왔다. 쉽게 변하지 않는, 낮고 오래된 건물들 사이를 걸었다. 초가을의 초저녁은 선선했다. 관광지와 무관한 낡은 이 동네의 풍경은 특별한 게 없었다. 어쩐지 건물도 거리도 모두 오래된 것들의 냄새가 나는 것 같았다. 색온도가 낮은 시간대여서 더 그렇게 보였는지도 모르겠다.

집 앞 천변으로 갔다. 겨울에는 건천이지만 여름에 종종 홍수가 나는 하천이었다. 운동하는 사람은 거의 없었다. 거주 인구가 많지 않은 동네의 하천과 천변 산책로는 잘 정비되어 있지 않았다. 언젠가 큰 태풍이 와서 하천이 넘치고 많은 집들이 잠겼다. 수재민이 발생했고 마을은 어수선했다. 아홉 살 아내는 심각한 상황이라는 것을 모르지 않았지만 이 사건이 단조로운 일상에 어떤 활기를 주었다. 수해 현장과 복구 현장을 분주히 돌아다니며 구경했다.

꼭 웃으려고 했던 건 아닌데, 어린 얼굴에 어떤 장난스러운 표정이 담기기도 했다. 동네 친구에게 웃고 다니지 말라는 소리를 듣고 아내는 그렇게 웃고 다니지 않았다고 항변했지만, 그래도 어린 자신이 어딘가 잘못된 행동을 한 것 같다고 언젠가 내게 말했다. 나는 바짝 마른 하천을 보며, 왠지 수해 현장에 활기찬 아이 한두 명 있는 것도 나쁘지 않을 것 같다는 생각을 했다.

천변을 벗어나 마을 안쪽으로 들어섰다. 내가 나고 자란 서울의 변두리 동네와 많이 다르지 않았다. 단지 이곳이 건물과 건물 사이에 공터가 좀 더 많았다. 그곳에 이런저런 폐기물이 쓸쓸히 버려졌거나 잡초가 무심히 자라고 있었다.

아내가 다니던 여중과 여고의 낮은 담을 따라 걸었다. 학교 뒤편으로 마지막 남은 석양이 지고 있었다. 석양은 굵은 붓으로 주저 없이 바른 유화 물감처럼 번들거렸다. 아내가 자주 앉았다던 벤치와 그 위의 무성한 느티나무가 아마 이쯤일 것 같았다. 아무도 없는 학교 운동장과 벤치, 그 벤치 뒤에서 조용히 흔들리는 느티나무의 풍경이 감도가 높은 사진처럼 입자가 굵었다.

언젠가 아내의 학창 시절 고민을 들었다. 이 작은 고장을 벗어날 수 있는 방법은 공부라는 생각밖에 들지 않았다고. 꼭 서울에 가고 싶었다고. 소도시에 사는 여학생의 엇비슷한 고민의 형태를 생각하며 당시에는 주의 깊게 듣지 않았는데, 이 벤치와 느티나무를 보니 어린 아내의 작은 그 마음이 실감되었다. 조금은 답답하고 조금은 허전한, 그래도 꽤 단단한 작은 마음.

다음 여행지는 아내가 대학생일 때 종종 오고 갔던, 느린 열차가 정차하는 작은 역이었다. 아내는 주로 고속버스를 타고 고향에 왔지만, 간혹 표를 구하지 못했을 땐 여러 완행열차를 갈아타며, 이 작은 역으로 오고는 했다. 작은 캐리어 하나와 배낭을 멘 대학생 아내는 바랜 연두색 이 역사가 낯설지는 않지만, 그렇다고 익숙한 것도 아니었다. 아빠가 간혹 차를 가지고 마중 나오기도 했지만 종종 아무도 나오지 않았다. 짐을 끌고 가기에는 조금 먼 거리지만 버스나 택시를 탈 만큼 멀지는 않았다.

천천히 걸어갔다. 이 역에 도착해서, 그리고 그 길을 걸어가며 아내는 무슨 생각을 했을까. 끝없이 이어지는 차들과 차들의 경적 소리, 너무 밝은 도시의 불빛과 사람들의 바쁜 움직임으로 둘러싸인 서울을 떠나, 수수하고 한적한 고향에서 나른한 추억의 냄새를 맡았을까. 엄마가 차려 줄 저녁 식사를 생각했을까.

최종 여행지는 바다였다. 버스를 타고 조금 이동해야 했지만 멀지 않은 곳에 해변이 있었다. 버스에서 막 내렸을 때, 서쪽 하늘엔 붉은 여운이 남아 있었지만 동쪽의 바다는 이미 어두웠다. 하얀 구름만은 아직 선명했다. 대학 방학 때 고향에 온 아내가 조금 불안할 때면 어릴 적 친구와 가끔 오던 곳이었다. 비릿하고 짭짤한 해풍이 풀었다.

작은 꿈 하나는 이뤘지만, 여전히 더 많은 것이 불확실한 나이였던 아내. 그녀는 이 해변에 앉아 오랫동안 바다를 바라보았다. 여러 일로 힘들 때마다 소망, 희망, 꿈 같은 것들이 남은 삶의 뒤편으로 끝없이 밀려가는 느낌이었다. 조금씩 앞으로 오는 것 같지만 실은 조금씩 밀려나는 저 검은 파도처럼. 빨리 학교를 졸업하고 빨리 나이 들고 싶었다. 세상을 좀 더 많이 살면 지금 이 고민과 불안도 파도에 휩쓸렸다가 제자리로 돌아오는 작은 돌멩이 같은 것이 되기를 바랐다.

아내의 고장으로 떠난 여행, 막상 아내는 할 생각이 없는 여행, 실은 나 아닌 누구도 하지 않을 여행이지만 그래서 더 특별한 여행이라는 생각이 들었다. 도시에선 아직 이른 시간이지만 여기에선 어쩌면 막차일지도 모르는 버스를 타고 다시 아내가 있는 집으로 돌아왔다.

아내가 어릴 때부터 쓰던 방에서 책을 읽다가 잠을 자려고 했는데, 잠이 오지 않았다. '시답지 않은' 〈아내의 주유소〉라는 짧은 시를 끄적이다가 잠을 청해 보지만 잠이 잘 오지 않았다. 아내는 이미 깊이 잠들어 있다. 그녀의 기억과 시간이 고장의 담긴 이 작은 방에서.

그녀가 살았던, 나도 살았던

그러나 서로 다른 세상에서 살았던

어떤 과거의 시간

주유소 사장도 아르바이트 학생도 그녀도

아무것도 없지만

그녀 스무 살 기억만은 남은 주유소

그 사람을 이해하는 것은 그 사람의 생각과 말보다

그 사람의 흔적과 행동과 기억과 공간을 살펴보는 것

그건 마음으로 사랑하는 것이 아니라

마음 저편에서 사랑하는 방법

– 안바다, 〈아내의 주유소〉

하지 않은 세계

4부

예술과 사람, 혹은 사랑

글렌 굴드가 한 것과
하지 않은 것

.

.

.

짧지 않은 내 삶에서 가장 많이 들은 음악을 한 곡 꼽으라면, 고민하지 않고 말할 수 있다. 그 곡은 바흐의 《골드베르크 변주곡(Goldberg Variations)》 중 '아리아(Aria)'다. 음악을 본격적으로 듣기 시작한 13살 이후, 지금까지 많은 노래들을 반복해서 들었지만 이 곡만큼 오랜 시간 반복해서 들은 곡은 아직 없다. 왜 이 곡에 그렇게 끌렸는지는 모르겠다. 다만, 온전히 몰입해서 이 곡을 처음 들은 순간은 잊을 수가 없다.

안나푸르나의 깊은 길을 오랫동안 걸을 때였다. 아내는 고산증으로 저녁도 거른 채 로지에서 뒤척이며 잠을 자고 있었다. 나도 머리가 조금 지끈거렸다. 할 일 없는 산속에서 일찍 잠자리에 들었지만 잠이 오지 않았다. 잠시 잠이 들었는가 싶었는데, 자정을 조금 넘긴 시간이었다.

한동안 뒤척이다 휴대폰과 이어폰을 챙겨 조용히 방문을 열고 밖에 나갔다. 단층짜리 소박한 로지에는 우리 방을 포함해 6개의 방이 있었고 그 방문들은 중정을 두고 침묵하듯 가만히 닫혀 있었다. 방문 앞 나무 의자에 앉아 음악을 들었다. 고개를 드니 별빛이 창공에 가득했다. 그때 들었던 곡이 굴드가 세상을 떠나기 전, 26년 만에 다시 녹음한 바흐의 《골드베르크 변주곡》 '아리아'였다.

1981년에 레코딩된 3분 남짓의 곡이 몇십 년 후 높고 외진 산 아래 무한의 무대에서 연주되었다. 굴드는 그 곡을 1955년, 처음 녹음했을 때보다 한껏 느린 템포로, 힘들이지 않고 묵묵히, 그리고 차분히 연주했다. 스물세 살에 녹음한 곡이 이제 막 사랑하게 된 연인에게 쓴 편지 같은 것이라면, 세상을 떠나기 일 년 전에 녹음한 이 곡은 그 오래된 옛 편지를 다시 읽는 노인의 손길 같았다.

강하지 않지만, 정확하고 섬세하게 건반을 누르는 소리에 맞춰 낮게 웅얼거리는 굴드의 음성이 지금 그 순간, 그와 함께 있는 것처럼 느꼈다. 히말라야 한 자락의 작은 로지는 시공간을 초월했다. 우주여행을 해 본 적 없지만 우주인이 된 것 같았고, 시간 여행을 할 수 없지만 굴드를 만난 것 같았다.

아내가 문 뒤에서 자고 있지만 문득 모든 게 외롭다는 생각이 들었다. 나만 그렇다는 것은 아니었다. 끙끙거리며 자는 아내도 외로워 보였고, 깊은 꿈을 꾸듯 꼭 닫혀 있는 저 문들도 외로워 보였고, 얇은 문안에서 곤히 잠들어 있을 다른 여행객도 외로울 것 같았다. 낮에 길 안내를 해 줬던 검은 대형견도 외로워 보였고, 바흐도 굴드의 음악도 굴드의 삶도 모두 외로워 보였다.

지구, 아니 눈앞에 신비롭게 펼쳐진 이 적막한 우주에는 온통 외로움이 가득한 것 같았다. 그때 처음 알았다. 외로운 이 감정이 실은 저 무한에서 도무지 가늠을 수 없는 시공간에서 비롯된 것일지도 모른다는 것을. 이 감정이 우울하거나 슬프기만 한 것은 아니었다. 오히려 조금 벅차고 설 렜다.

1964년, 이 캐나다인 피아니스트는 더 이상 콘서트홀에서 공연하지 않기로 다짐한다. 왜 연주 경력의 정점에 글렌 굴드는 공연을 중단했을까. 이제 막 서른을 넘긴, 하지만 이미 절정에 오른 젊은 피아니스트의 때 이른 선언은 쉰의 나이에 뇌졸중으로 세상을 떠날 때까지 지켜진다. 그는 왜 인정받기 시작한 경력의 시작점에서 왜 어떤 마침표를 찍지 않으면 안 되었을까. 대중과 직접 만날 수 있는 콘서트홀에서 왜 그는 연주하지 않은 것일까.

그도 한때는 한 해에 17개 도시에서 26회 연주를 다녔다. 늘어나는 순회공연만큼 삐걱대는 침대나 익숙하지 않은 매트리스와 씨름하는 날도 늘어났다. 공연 중 관객의 재채기 소리나 기침 소리를 탓할 수 없었지만 그 소리에 예민해지는 자신을 부인하기는 힘들었다. 그리고 무엇보다, 굴드는 자신이 원했던 피아노(스튜디오 녹음의 대부분을 함께했던 스타인웨인 CD 318)로 연주하지 못한다는 것에 대한 부담감이 컸다. 하지만 이런 설명은 그가 연주회를 그만둔 가장 중요한 이유를 설명하지 못한다.

에드워드 사이드의 말처럼 굴드는 좋은 식당에 들어가 저녁을 기다리듯 가만히 앉아서 작품이 차려지기를 기다리는 조용하고 수동적인 청중 앞에서 연주하기를 거부했다. 굴드는 청중들의 기대에 부응하고 싶지 않았다. 낭만주의 음악으로 잘 차려진 근사한 레스토랑에서 훌륭한 메뉴로 연주해 주기를 고대하는 5층 발코니의 고객들에게까지, 굴드는 원하는 소리를 들려줄 수 없다고 생각했다. 현장에서 청중들과 소통한다고 하지만, 실은 청중의 소비에 비위를 맞추는 연주회의 흔한 매너리즘을 거부하고 싶었다.

연주회를 그만두고 굴드는 (자신의 표현대로) '수도원' 같은 스튜디오에서 늦은 밤부터 새벽까지 녹음했다. 아버지가 만들어 준 키 작은 의자에 앉아 자신에게 허락된 시공간에 몰입했다. 녹음된다는 사실에 신경 쓰지 않고 흥얼거리고 심지어 의자가 삐걱거려도 개의치 않았다. 연주회라는 시공간을 단절하고 굴드는 자신만의 시공간을 만들었다.

그곳에서 영국의 그라모폰이 선정한 20세기 최고의 음반 중 하나로도 꼽힌 《바흐, 골드베르크 변주곡》을 레코딩했다. 1955년에 녹음한 이 첫 앨범은 아직 그가 순회공연을 다닐 때지만, 그때부터 그는 연주회를 그만두는 것에 대해 자주 말했다. 어떤 의미에서 이 앨범이, 그러니까 이 레코딩 작업을 통해 굴드는 자신이 하지 말아야 할 것과 해야할 것에 대해 명확히 인식했는지도 모른다.

지금은 적지 않은 피아니스트들이 《골드베르크 변주곡》을 연주하고 레코딩하지만 굴드가 처음 레코딩한 당시에는 드문 일이었다. 규범처럼 하프시코드로 연주해 온 바흐의 곡을 피아노로 연주한다는 것은 아직 낯선 일이었다. 그는 당시에 유행하던 분위기에 편승하지 않았다. 화려한 기교의 많은 피아니스트가 리사이틀을 통해 대단한 인기를 끌었지만 그는 오히려 반대의 길을 걸었다. 굴드는 인기의 정점에서 연주회를 멈추었다. 그리고 멈춘 지점에서 다시 시작했다. 무엇인가 하지 않음으로 무엇인가 하게 된 것이다.

철학자 아감벤은 능력과 불능력, 즉 할 수 있는 능력과 하지 않을 능력을 모두 갖춘 능력이야말로 최고의 능력이라고 말한다. 그런 의미에서 굴드의 성취는 할 수 있는 능력 이전에 하지 않는 능력이 있었기에 가능한 것이었다. 굴드는 말했다.

> **"혼자 있으십시오. 은총이라고 할 만한 명상 속에 머무르십시오."**

오랜 시간 완전히 혼자 있을 수는 없겠지만, 때때로 한곳에 홀로 머물러야 하던 일을 멈출 수 있다. 생각하기 위해서 일상의 관습과 생각을 잠시 멈춰야 한다. 그래야 모든 종류의 무감각과 무사유에 대해 돌아볼 수 있다. 최소한, 지금 세상에는 무언가 하는 능력보다 무엇인가를 하지 않는 능력이 더 어렵고 때론 더 중요한 것이라고 생각한다. 낳지 않고 먹지 않고 하지 않는 능력, 언뜻 아무것도 아닌 것 같은 이 능력이야말로 가장 중요하지만 가장 하기 어려운 일이다.

굴드가 50세가 되던 1982년 9월 25일 토요일, 그의 생애에 두 번째로 녹음한 앨범 《골드베르크 변주곡》이 세상에 나왔고 이틀 후 월요일, 병원에 급히 입원한 굴드의 의식은 다시 세상으로 돌아오지 못했다. 하지만 굴드의 연주는 매번 다시 돌아온다. 여름날 동트기 전 새벽녘의 아직 어두운 거실로, 눈 내리는 겨울밤 작은 조명이 비추는 책상 위로, 지하철에 지친 얼굴 사이로.

내가 살아가는 여기 일상의 풍경은 히말라야의 풍경과 너무 멀지만, 그래도 굴드의 연주와 함께 어제의 슬픔과 오늘의 불안이, 느리지만 조금씩 이해받고 있다는 느낌이 든다. 사랑하는 사람에게 쓴 쪽지를 접듯 오늘의 감정을 가만히 접는다.

생명 예찬과
인간성 상실

·
·
·

    입시 학원에서 학생을 가르치던 때, 특히 문학 그중에도 시를 가르칠 때, '생명'이라는 단어를 빈번히 사용했다. 문학 작품의 '주제'를 한 문장으로 정리하기 어려운 것인데도 교육과정 지침서와 자습서는 그 일을 해내야만 했다. 나 역시 시문학 같은 경우 행별로 단어별로 쪼개서 분석하고 나면, 꼭 주제를 말해 주어야 했다. 마지막에 '주제'를 정리하지 않는다는 것은 그 시에 대해 방관하는 것으로, 그건 수강료와 시험에 대한 방관이었다.

    특히 서정시의 경우 주제에 '생명'이라는 단어를 자주 썼다. 시어의 함축적 의미가 애매할수록, 나무나 산이나 바다와 같은 자연물과 관련된 시어가 많을수록, 주제에 '생명'이란 단어가 포함될 확률이 높았다. '생명에 대한 사랑', '생명에 대한 예찬', '생명에 대한 경외감', '생명의 본질에 대한 탐구' 등으로 주제를 정리하고 시 공부를 마무리하면, 50분 동안 이해하지 못하던 학생들의 방황도 일단락되었다. '생명'은 마법 같은 단어였다.

정말로 '생명'은 마법 같은 것이다. 타자의 조력을 받아 생성/성장하는 생명, 그리고 결국 소멸하는 생명은 예찬할 만하다. 그런데 다시 생각해 보면 '생명'이라는 것이 원래부터 고유하고 자명한 무엇일 리는 없었다. 점차 언어 속에서 사유하고 정리하고 분류하는 존재로 변해 간 우리가 세상의 사물을 관찰하고 공부하며, 어떤 특질을 공유하는 존재들을 하나로 묶어 '생명' 그리고 '생명체'라고 호명하기 시작했을 것이다.

하지만 생명/과학 기술의 빠른 발전으로 기존의 분류와 정의가 잘 들어맞지 않는 것들이 많아지고 있다. 마치 오래된 배관처럼 녹슬고 헐거워져서 조금씩 물이 새고 여기 저기 터지기 시작한 것이다. 우리가 이전에는 제대로 몰랐던 사물들이, 가령 바이러스, 수많은 미네랄, DNA 같은 것들은 생명인지 생명이 아닌지 분명히 판별하기 어렵게 되었다.

무언가 알아 갈수록 흐릿한 것이 선명해질 줄 알았는데, 갈피를 잡기 어려운 것들이 전보다 더 많아진 느낌이다. 하지만 그 느낌이 꼭 나쁜 건 아니다. 어떤 혼란 혹은 흐릿함은 때론 자명함과 명백함보다 더 많은 것을 함축하고 더 많은 이해를 요구한다. 그래서 더 겸손해지고 더 관대해진다.

소설 문학도 상황은 비슷했다. 고등학교 문학 과정 중 소설의 주제로 가장 많이 언급되는 문장은 아마, '현대인의 인간성 상실 비판' 혹은, '인간성 파괴', '인간성 부재' 같은 것일 테다. 소설의 주제를 한 문장으로 정리한다는 건 사실 매우 어려운 일인데, 비판적인 성향의 많은 소설은 '현대'와 '인간성 상실'과 '비판'을 넣으면 그럴듯한 주제(의식)가 되고는 했다. '인간성' 역시 마법 같은 단어였다. 하지만 예찬할 만한 '생명'과 '인간성'으로 잃는 것은 무엇일까.

일본의 예술가 마리 카타야마는 다리가 짧아지고 손이 갈라지는 비골 무형성증 때문에 9살 때 두 다리를 절단하게 된다. 그녀의 유년 시절에 대해 추측하는 건 어렵지 않다. 많은 상처와 결핍을 지니고 살아가게 된 그녀는 예술가가 된 후, 절단되고 분리된 자신의 신체를 적극적으로 사진 작업과 퍼포먼스에 활용한다. 그녀는 자신의 작업에 대해 설명하며 다음과 같이 말했다.

"나는 누구인가? 이것은 항상 사소한 질문이 아니었습니다. 다양한 발달 장애를 가지고 태어나 9세에 두 다리를 절단한 후 의족을 착용하고 살아왔습니다. 나의 작업에 반복적으로 등장하는 인형과 의족은 측정하고, 분해하고, 다시 결합하는 행위를 통해 나 자신의 정체불명의 몸을 객관화하려는 시도일 수 있습니다."

그녀에게 신체는 단지 결핍된 대상이 아니다. 정체불명인 자신의 신체를 적극적으로 객관화하면서 새롭게 창조한다. 의족을 분해하고 결합하는 행위는 마치 그녀가 '순수한' 인간이라기보다는 차라리 기계 같고, 봉제한 무수한 팔다리 사이에 놓인 그녀는 그 어떤 인형보다 인형 같다.

그녀 앞에 '인간성'이라는 말은 무력하다. 역설적으로 그녀는 '의족'이 없으면 '인간'처럼 두 발로 다닐 수 없고 동물로 표상되는 자세로 이동했을 것이다. 하지만 그녀는 '의족'이라는 사물, 즉 기계에 의해 걸어 다닐 수 있고 '인간'처럼 걸을 수 있었다. 그러니까 '인간성'이라는 것은 홀로 설 수 있는 개념이나 가치가 아니라 결국 사물이나 자연물과 함께, 혹은 그것들을 통과해야 형성될 수 있는 무엇이었던 것.

그렇다면 무언가 바람직한 것을 '인간적'이라고 그렇지 않은 것을 '비인간적'이라고 말하는 건 너무 편파적이지 않을까. 인간적인 것은 무수한 비인간적인 것들 사이를 통과해야 형성될 수 있는 것인데, 우리는 '인간성'의 가치와 우월함을 과도하게 부여했고 동시에 '비인간성' 혹은 '물질성'과 '기계'에 부정성을 과하게 부여했다.

중세를 거치며 지구에 가혹한 권력이 된 이 가치를 더 이상 강조할 필요가 있을까. 수많은 사물과 기계와 공명하며 살아온, 또 그래야만 제대로 살 수 있는 우리가 꼭 '생명'과 '인간성'에 기댈 필요는 없다.

내가 삶을 마감하면, 내가 가르친 수많은 시처럼 누군가 내 삶에 한 문장으로 정리되는 '주제문'을 적어 줄까. 만약 묘비명이 있다면 주제문 비슷한 걸 써 놓을지도 모르겠다. 하지만 묘비명은커녕 기일에 대해 생각할 후손이 없는 내게 '주제문'이 있을 리 없다. '생명 예찬'이나 '인간성 상실' 같은 주제 의식을 게으르게 정의하기보다 시와 소설의 세계에 내 몸을 맡기고 온전히 감각하고 느끼는 것만으로도 문학 작품을 충분히 감상할 수 있다면, 내 삶이라는 작품 역시 특별한 의미나 주제가 없어도 소박하게 완결될 것이다.

저녁 여덟 시의
정전

.
.
.

유년 시절에 환기되는 조명의 색온도는 대체로 낮고 조도는 어두웠다. 방, 부엌, 화장실 등 모두 백열등 한두 개로 공간을 밝혔다. 잦은 정전만큼 촛불로 공간을 비추는 시간도 많았다. 청소년 시절에 환기되는 조명의 색온도는 높고 조도는 밝았다. 화장실을 제외하곤 거의 모든 공간에서 백열전구가 눈부시게 하얀 형광등으로 대체되었다.

그래서 유년기의 추억이 노랗고 붉고 어둡다면, 청소년기의 추억은 밝고 창백하다. 지금은 유년기 시절에 비해 전력 사정이 넉넉해졌지만 다시 색온도가 낮아지고 어두워졌다.

유년기와 다른 이유로 어둡지만, 밤이 되면 자연스레 공간을 채우는 빛과 어둠이 종종 어린 시절처럼 많은 것들을 상상하고 공상하게 한다.

언제부턴가 빛의 밝기와 색온도에 민감했다. 정확히 기억나지 않지만, 부모님과 함께 살던 집을 떠나 혼자 살게 되었을 때부터였던 것 같다. '내 공간'이라는 것이 생겼다는 것은 내가 원하는 방이나 가구를 갖게 되었다는 의미만이 아니었다. 내가 원하는 조명을, 그 조명이 만들어 낸 '내 빛'이 생긴 것을 의미했다.

책상 옆에 1970년대 이탈리아 건축가가 디자인한, 관절이 많이 접히는 키 큰 스탠드를 놓았다. 그리고 몇 달 후에 침대 옆에 같은 스탠드의 작은 사이즈 램프를 놓았다. 사회 초년생이라 생활비가 넉넉지 않았지만 나름의 거금을 들여 마련한 빛이었다. 다행히 10평 남짓의 공간에 많은 빛은 필요치 않았다.

어둑한 저녁 시간, 조도와 색온도를 내가 원하는 대로 가질 수 있다는 사실만으로, 그리고 그 작은 빛에서 책을 읽고 음악을 들을 수 있다는 사실만으로도 행복했던 시절이었다. 내가 점유한 세상과 소유물이 적을수록, 소소하고 사소한 것으로 쉽게 행복하고 충만했다.

행복, 혹은 그 행복감은 주로 빛과 관련되어 있는 경우가 많았다. 한낮의 뜨거운 일광은 더운 바닷가라면 언제나 좋았지만 장소에 따라 사정이 달랐다. 하지만 늦은 오후의 색감과 저녁의 부드러운 인공조명은 언제 어디서든 좋았다. 곁에 이야기 나눌 친구가 없어도, 좋아하는 책과 음악과 작은 빛이 있으면 그런대로 지낼 만할 인생이라는 생각이 들었다.

누구에게도 이해받지 못하는 순간에도 좋아하는 빛이 곁에 있다면 덜 외로울 수 있었다. 그 빛이 내가 마주한 일을 해결해 주지는 못하지만 내가 그 일을 어떻게 감당해야 할지 가만히 알려 주는 순간이 있었다. 작고 흐릿한 빛과 그 빛이 만든 어둠은 내가 마주한 공간과 사물을, 그리고 현실을 차분히 바라보게 해 주었다. 빛이 세상과 내가 직면한 현실을 바꾸지는 못해도 나와 내 감정을 다시 돌아보게 했다.

빛과 어둠은 잡히거나 만질 수 없는 사물이지만 다른 사물과 공간을 드러내거나 감추었고, 때론 내 마음과 감정을 여러 형태와 질감으로 빚었다. 그것들이 우리의 삶을, 우리의 사랑을 어떻게 빚어내는지, 혹은 빛으로 서로를 어떻게 밀어내는지 잘 보여 주는 이야기가 있다.

노면전차가 정류장에서 멀지 않은 가로수 길갓집에 남편 슈쿠마와 아내 쇼바가 살고 있다. 침실이 세 개인, 크지 않은 집에서 슈쿠마와 아내 쇼바는 어쩌다 서로를 피하는 데 전문가가 되었는지 생각해 보곤 한다.

그들이 서로 마주치거나 대화하지 않는 것이 단지 서로 바빠서만은 아니다. 슈쿠마는 자기 집이지만 레코드를 트는 게 무례한 일처럼 느끼고, 쇼바는 슈쿠마에게 언제 미소 지었는지, 언제 나지막이 이름을 속삭였는지 알지 못한다.

그들이 원래부터 그랬던 건 아니다. 실은 몇 달 전부터 준비해 놓은 방, 그러니까 트럼펫과 드럼을 연주하며 행진하는 토끼와 오리가 그려진 벽과 체리 색 아기 침대와 회녹

색 손잡이가 달린 흰색의 기저귀 갈이대가 있는 방이 필요 없어지고 나서부터다. 그녀가 출산하는 날, 그는 학술대회 때문에 곁에 없었다. 신경 쓰지 말고 다녀오라고는 그녀의 말에 학술대회에 간 그는 그날 아내가 출산, 아니 유산을 하게 될지는 몰랐다.

슬픔의 시간이 조금 지난 어느 날, 그들의 동네에 닷새 동안 오후 여덟 시부터 한 시간 동안 단전이 된다는 통보가 온다. 안내문은 일시적인 문제라고 했다. 슈쿠마는 이런 평범한 비상 상황에 대비해 놓지 않은 것에 대해 당황하고는 담쟁이 화분에 임시로 생일 양초 몇 개를 꽂아 식탁 위에 놓는다.

여덟 시가 되고 정전이 된다. 씻고 내려온 아내 쇼바는 평소와 다른 분위기에 조금 놀라지만 그 분위기가 좋다. 그들은 와인을 마시고 평소와 달리 이야기도 좀 더 나눈다. 문득 그녀가 제안한다.

"우리, 그거 하자." 쇼바가 갑자기 말했다.

"뭘?"

"어둠 속에서 서로 얘기하기."

"어떤 얘기? 난 농담 같은 거 모르는데."

"아니, 농담 말고." 쇼바가 잠시 생각에 잠겼다.

"우리가 전에 얘기한 적 없는 것들을 말하는 건 어떨까?"

그들은 흐린 불빛 곁에서 일종의 진실 게임 같은 것을 하게 된다. 딱히 정한 것도 없이, 그저 생각나는 대로, 서로에게 혹은 스스로에게 상처 주었거나 실망시킨 소소한 일에 대해 고백하기. 가령, 대학 다닐 때 시험에서 부정행위를 한 일이라든지, 아내가 구독하는 패션 잡지에서 한 여자의 사진을 오려 내 책갈피 속에 일주일 동안 넣고 다닌 일이라든지, 시어머니가 집에 왔을 때 야근한다는 핑계를 대고 친구와 마티니를 마신 일이라든지, 서로를 속였지만 무해한 것들로 채워진 것들에 대해 그들은 고백한다.

하루 이틀이 지나며, 슈쿠마는 하주 종일 전기가 나가는 시간을 기다린다. 집이 어두울 때 다시 서로에게 얘기할 수 있기 때문이다. 셋째 밤에 그들은 어색했지만, 넷째 밤에 위층 침대에서 그동안 잊었던 사랑을 필사적으로 나눈다.

슈쿠마는 다섯 번째 날 아침에 예정보다 전선이 일찍 복구되었다는 소식을 받는다. 그는 실망한다. 일곱 시 삼십 분에 집에 온 쇼바는 '이제 우리의 게임은 끝난 거 같다.'고 말한다. 슈쿠마는 '원하면 오늘도 양초를 켤 수 있다.'고 말하지만 쇼바는 이제 제대로 작동하는 전원을 단호하게 켠다.

그리고 그녀는 말한다. 그동안 아파트를 알아보고 있었고 오늘 구했다고. 그리고 혼자 있을 시간이 필요하다고. 슈쿠마는 미리 연습한 것 같은 그 말을 듣고 안도감과 역겨움을 동시에 느낀다. 이제는 그가 잔인한 진실을 말할 차례다. 지난 몇 달 동안, 얘기하지 않으려고 노력하던 이야기다.

그들은 출산 전, 아이의 성별을 모르기를 원했다. 마치 깜짝 선물처럼 느끼고 싶었던 것이다. 유산 후에도 아내는 아이의 성별만은 비밀로 남을 수 있다며, 그녀는 그것으로 작은 위안을 받았다. 하지만 실은, 그날 뒤늦게 도착한 슈쿠마는 의사의 제안으로 막 세상을 떠난 작은 아이를 안아보았다.

"우리 아이는 사내아이였어." 그가 말했다. "피부는 갈색보다 붉은색에 더 가까웠어. 머리털은 검정색이었지. 몸무게는 2.3킬로그램 정도였고, 손가락은 꼭 오므리고 있었어. 당신이 잠들었을 때처럼 말이야."

그 이야기를 듣는 쇼바의 얼굴은 슬픔으로 일그러진다. 슈쿠마는 죽은 아기를 안고 이 아기에 대해 아내에게 절대 얘기하지 않겠다고 다짐했지만, 그는 지금 정확하고 상세하게 이야기한다. 그리고 함께 울기 시작한다.

줌파 라이히의 첫 소설집에 수록된 단편, 〈일시적인 문제〉의 내용이다. 슈쿠마와 쇼바, 누구의 잘못도 아닌 일이 그들에게 벌어졌고 그들은 그것으로 고통받았다. 유산 후 서로에게 서먹해진 그들에게 정전은 작은 계기가 되었다. 평소와 다른 빛과 어둠이 서로의 주변을 서성이던 그들을 각자의 작고 어두운 모서리로 불렀다. 각자 살아오면서 서로에게 혹은, 스스로에게 상처와 실망을 만져 볼 시간을 준 것이다.

　소소한 실망과 상처, 그리고 무해한 거짓을 서로 고백하면서 조금씩 어둠을 더듬고 서로에게 다가갔다. 서둘러 준비한 양초의 흐릿하고 약한 빛, 그리고 어둠이 그들에게 위안과 위로를 건넸다. 그 빛과 어둠이 지금 해결해 주는 것은 아무것도 없어도 서로가 각자의 곁을 내어 주게 했다. 그 힘으로 그들은 용기 내서 잊었던 감정과 사랑을 나누었다.

　하지만 일시적인 정전은 복구되고 그들은 며칠 만에 다시 밝고 고른 빛에 앉아 있게 되었다. 그리고 그들의 무해한 고백은 다른 성질의 것으로 변했다. 아내 쇼바가 어둠 속에서 진실(고백) 게임을 하고자 했을 때는 어둠 속에서 어떤 냉혹한 진실을 고백할 수 있을 거라고 생각했지만, 막상 그 어둠은 냉혹한 진실의 고백을 계속 유예하게 했다.

　빛은 자신의 성질에 따라 다른 용기를 만들었다. 작고 흐릿한 작은 빛과 그것이 만든 어둠은 그들을 작은 공간으로 이끌었고 멀어진 그들의 몸과 마음을 서로 닿게 했다. 그 빛은 서로에게 닥친 문제와 어려움이 간명히 해결되진 못

해도 서로에게 다가설 용기를 주었다. 정전이 끝나고 어둠과 그늘이 없는 공간의 밝은 빛은 그들에게 이와 해를 가르게 했고, 차마 건네지 못한 차가운 진실을 말할 용기를 주었다.

어떤 용기가 좋은 것인지, 혹은 그렇지 않은지는 각자가 처한 상황과 감정에 따라 다를 수 있다. 다만 그것이 무해한 거짓이든 유해한 진실이든, 서로를 밀어내는 용기든 서로를 끌어안는 용기든, 단지 그것이 우리의 뜻과 의지대로 실행되는 것이 아니라는 사실이다.

나는 알지 못했지만 실은 나와 당신을 비추고 있는 빛이, 그리고 우리 주위의 어둠이 우리 의지 못지않은 어떤 힘으로 우리의 행동과 마음을 이끌고 있었다. 평범한 음식도 어떤 조명 아래에선 좀 더 특별해 보이고, 독서하고 대화하고 영화 보고 음악을 듣는 단조로운 일상도 어떤 조명 사이에선 특별해진다. 램프를 켜고 섬세하게 빛과 어둠으로 공간을 채우는 것은 뭉툭한 일상을 빛과 어둠으로 잘 구워 내는 일이다.

오후의 노을이 서서히 지기 시작하는 시간은 새로운 조명을 하나씩 꺼내는 순간이다. 먼저 제일 어두운 구석의 버블 모양의 스탠드를 켠다. 거실 벽 마지막 남은 노을 조각이 사라지면 아일랜드 테이블 위에 놓인 작은 램프를 켠다. 하늘이 완전히 어두워지면 몇 개의 램프와 스탠드의 버튼을 손으로 켜거나 발로 눌러 빛을 불러온다. 그 빛은 각각의 모양과 질감과 밝기와 색온도로 공간과 사물의 표정을 만든다. 동시에 그늘과 어둠을 만든다.

그 빛과 어둠 사이에서 저녁 시간을 보내고, 자야 할 시간이 오면 다시 반대로 하나씩 꺼 나간다. 스탠드와 램프를 하나씩 끄며 소리 내어 말하지는 않지만 짧은 이별 인사를 나누고 빛은 미련 없이 떠난다. 어두운 숲길을 홀로 가로지르는 자동차가 라이트가 비추고 남긴 세상처럼, 뒤편으로 어둠이 차곡차곡 쌓인다.

당신을
맡고 싶다

.

.

.

눈앞에서 아내가 나무토막처럼 쓰러진 걸 목격한 건 얼마 전에 처음이었다. 중력의 힘으로부터 바로 서 있는 것이 당연한 것이 아니라는 듯, 그 서 있음을 마치 잠시 잊은 것처럼 아내는 무게 중심을 잃고 앞으로 쓰러졌다. 끝까지 중력에 저항하다 모든 것을 한순간에 놓듯 아내는 그렇게 쓰러졌다. 미처 달려가 잡을 새도 없이 아내의 몸은 거실 구석에 쌓아 놓은 책들 위로 둔탁하고 불길한 소리를 내며 쓰러졌다. 이마에서 피가 터져 나왔다. 흔들어 깨웠지만 눈동자는 뒤집혀 있었고 팔다리가 경련으로 심하게 떨렸다.

아내는 종종 쓰러졌었다. 과도한 스트레스나 급체, 아니면 이석증 등으로 교감신경과 부교감신경이 교란되고 적절하게 상호 반응하지 못하면서 뇌에 산소 공급에 일시적 문제가 생기고 순식간에 블랙아웃이 왔다. 그동안 주로 앉아 있을 때 그런 증상이 생겼고 일시적인 경련은 있었지만 금세 정신을 차리고는 했다.

이 병, 아니 이 증상은 드물지 않게 특히 젊은 여성에게 종종 나타나는 실신의 한 종류다. 눈이 뒤집히고 팔다리를 떠는 아내의 모습을 보는 일은 다시 경험하고 싶지 않은 일이지만, 다행히 그 증상이 큰 병은 아니기에 조금은 안심할 수 있었다. 하지만 그 증상보다, 얼마 전 일처럼 실신 후 입는 각종 상해나 사고가 문제였다.

출혈은 많았지만 다행히 뇌에 큰 이상은 없었다. 쌓아 놓은 잡지 몇 권이 쿠션 역할을 해 주어서 거실 바닥에 머리를 바로 찧지 않을 수 있었다. 하지만 이마의 안과 밖에 60바늘 이상을 봉합했다. 수술실 안에서 아내의 이마를 봉합하는 장면을 참관했다. 작은 이마에 봉합할 수 있는 부분이 얼마나 있을지 모르겠지만, 쉴 새 없이 움직이는 노련한 의사의 손놀림은 영원히 끝날 것 같지 않았다.

그날 이후, 처음으로 아내의 큰 사고나 혹은 죽음(그리고 나의 죽음도)을 생각해 보게 되었다. 사건, 사고는 너무 가까이 하지만 은밀하게 우리 곁에 있어서, 우리를 덮치기 전까진 그것의 존재를 전혀 알 수 없지만 일단 우리를 장악하고 나면 너무 거대해서 우리 삶과 존재를 감당할 수 없는 힘으로 뒤흔든다.

의식을 잃고 경련하는 짧은 시간 동안 아내는 잠시 이 세상이 있는 것 같지 않았다. 아직 나와 아내가 '죽음'을 생각할 정도로 나이가 많지 않지만 큰 사고를 겪고 나니 그 단어를 외면할 수 없었다. 아직은 제대로 상상되지 않은 일이었다. 세월이 많이 흐른 어느 날 엇비슷한 시기에 세상을 떠나면 좋겠다고 상상해 본 적은 있지만, 급작스런 사고나 사건으로 홀로 떠나고 홀로 남겨지는 상황을 생각해 본 적은 없었다.

어떤 끔찍한 일도 상상하고 싶지 않지만 그 사고 이후 문득문득 그런 일이 의지와 무관하게 상상되었다. 그리고 생각했다. 아내의 사고를 받아들이고 그녀의 부재를 나는 견딜 수 있을까. 그녀의 물건과 흔적이 가득 남은 공간에 홀로 남겨진 내가 제대로 살아갈 수 있을까. 도저히 견딜 수 없을 만큼 보고 싶을 땐 어떻게 해야 할까.

가상현실에서 VR기술을 통해 부재하거나 사별한 사람(의 대리물)을 대면하는 기술은 TV 프로그램으로 방영한 적 있고, 소설이나 영화에서도 흔히 다루는 소재다. 기술의 진보가 더 고도화된다면 더 그럴듯한 가상현실을 경험할 수 있을 것이고 그만큼 부재한 당신을 느낄 수 있는 방법으로 각광받을지도 모르겠다. 절박한 그리움이라는 게 있다. 그런 절박한 그리움에는 그 절박함으로 요청되는 것들이 있는데, 어쩌면 새로운 기술이 그 절박한 요청에 응답할 수도 있다.

그럼에도 나는 가상현실이라는 세계에 당신이라는 시뮬라크르를 새로 만들지 않을 것 같다. 당신의 경험, 당신의 말들, 당신의 생각, 당신의 많은 것을 데이터베이스로 당신을 구성한다고 한들, 그 존재가 당신은 아니니까. 당신과 아주 유사한, 당신의 대리물은 될 수 있지만 그녀가 당신은 아니다.

가상현실의 그녀가 단지 가짜라거나 인공물이라서 부정한다는 것이 아니다. 차라리 당신과 비슷한 어떤 사람을 만나고 그것으로 내 슬픔을 견딜 수 있다면, 그 상대에게 미안하지만, 최소한 나는 그 존재가 당신이 아니라는 것을 안다. 그건 사랑하는 반려동물이 세상을 떠났을 때, 비슷한 반려동물을 입양하는 것과 다르지 않은 일이다. 아무리 비슷한 강아지나 고양이를 데려왔어도 그가 예전의 그는 아니다. 다른 존재인 그를 인정하고 그와 내 앞에 놓인 또 다른 시간을 함께 만들어 가야 한다는 사실을 나는 안다.

하지만 당신이라고 여겨지는 존재를 만들고 그것을 당신으로 대체한다면, 나는 당신의 부재를 끝내 인정하지 못할 것이다. 전원을 켜고 특수한 단말기를 착용하고 당신과 거의 흡사한 어떤 존재를 당신으로 생각하고 살아간다면, 나는 결국 당신의 부재, 혹은 죽음을 계속 유예시키는 셈이다.

그 유예는 불완전하다. 당신을 온전히 감각할 수 없다.

특히 보고 말할 수 있는 당신을 만질 수 없고 맡을 수 없다는 사실에 더 큰 상실감과 슬픔도 계속 유예된다. 촉각과 후각은 뇌신경을 직접 자극해 완전한 시뮬라크르의 세상에 빠지지 않는 이상 온전히 감각될 수 없기 때문이다. 그런데, 실은 가장 당신을 감각하고 싶은 방식은 촉각과 후각을 통해서다.

후각은 다른 감각과 달리 빠르게 적응한다. 다른 감각은 비교적 오랜 자극이 지속되어야 무디어진다. 가령 입술은 키스를 오래 한다고 금세 둔해지지 않는다. 그래서 키스는 오래 할 수 있지만 냄새는 금방 익숙해져서 더 오래 맡고 싶어도 사라져 버리고 만다. 일정한 향기 혹은 냄새에 우리의 감각신경은 느리게 반응하거나 드물게는 멈춰 버리기도 한다. 특히 후각이 그러하다. 그래서 자신이 먹은 음식물의 냄새나 입과 몸에서 나는 냄새는 잘 인지하지 못한다.

후각은 다른 감각과 달리 (시상'이라는) 중간 단계가 없다. 말하자면 뇌로 바로 정보가 전달되는 것인데, 그런 이유로 냄새는 감정이나 기억에 직접적인 영향을 미치고 무의식적으로 작용한다. 후각은 가장 시원(始原)적이면서 의식을 잃을 때 마지막까지 남는 최종적 감각이기도 하다. 그러니깐 상대방의 냄새는 쉽게 사라지거나 익숙해지고 말지만, 그 냄새에 대한 기억과 감정은 깊게 남아 있다는 의미가 된다.

프루스트의 소설 《잃어버린 시간을 찾아서》나 백석의 〈여우난 곬족〉 등의 시에서도 냄새는 곧 기억이고, 그것은 곧 감정이다. 그래서 냄새는 그립다. 모든 과거와 기억은 냄새이고 냄새는 기억이기 때문이다.

가까운 관계에 있어야 가능한, 깊이 얼굴을 묻고 숨을 깊이 들이마시면 느껴지는 그 냄새를 나는 좋아한다. 말로 표현하기 어렵지만 분명한 아내의 냄새. 다른 감각을 지칭하는 언어는 비교적 꽤 상세하게 기표화되어 있다.

가령 노랑, 빨강 등 색채 이미지는 물론이고 화사한, 뿌연 등의 시각적 표현들까지, 시각적 표현을 지칭하는 어휘는 다양하다. 섬세한 미각도 쓴맛, 단맛, 매운맛 등 그 감각을 지칭하는 정확한 어휘가 있는 반면에 후각은 독립적인 지시어가 없다. 물론 악취나 향긋한 냄새라는 막연한 말은

있지만 그 말이 지시하는 범위는 너무 주관적이고 광범위
하다.

냄새에 관한 어휘는 주로 다른 대상, 원대상에 기댄다.
꽃향기, 담배 냄새, 커피 향기, 어떤 냄새 등. 그래서 그녀
의 냄새를 언어로 설명하기가 어렵다. '그녀 냄새'라는 말밖
에는. 그걸 알면서도 냄새를 맡고 있는 내게, 궁금한 당신
은, "어떤 냄샌데?"라고 물어봤다. 대답은 막연하지만 언제
나 같았다. '당신 냄새'.

결국 커지는 것은 당신에 대한 결핍과 그리움이다. 더 보
고 싶고 더 느끼고 싶고 더 만나고 싶을 뿐, 나는 당신의 부
재를 인정하고 다시 살아갈 수 없다. 그렇게 당신의 부재는
계속 미뤄지고 유예된다. 하지만 누군가가 부재한다는 것
을 가장 실감할 때는 그의 냄새를 더 이상 맡지 못할 때가
아닐까.

사진을 볼 수도, 전화기 저편의 목소리, 혹은 녹음된 음
성을 들을 수도 있지만 그녀가 없으면 냄새는 맡지 못한다.
그러나 기억과 직접 연결된 후각은 그녀에 대한 기억과 감

정을 더 증폭시킨다. 부재를 인정하지 못하지만 가장 부재를 실감한다. 그래서 냄새는 그립고 슬프다. 그녀를 보고 싶기보다는 그녀를 맡고 싶다.

돌봄

·
·
·

    대학 생활의 마지막 해, 운 좋게 창작 지원금을 받고 16㎜ 필름 단편 영화를 연출했다. 영화나 예술에 재능이 있는지는 모르겠지만, 영화를 만드는 일이 어렸을 때부터 문학과 음악, 그리고 영화를 좋아한 내가 선택할 수 있는 진로 중 가장 합당한 길 같았다. 하지만 내가 선호하는 진로라는 사실과 별개로 그 진로를 위해 마련되어야 할 기본적인 조건이나 상황은 좋지 않았다.

    작곡가, 연주가, 화가, 영화감독들은 대개 풍부한 문화적 환경과 안정적인 경제적 환경에서 자란 경우가 많은 것 같다. 몇몇 성공 신화처럼 가난하고 어려운 환경에서 상업적·예술적 성취를 이룬 예술가도 적지 않겠지만, 예술 활동과 학술 연구에는 당장 경제적 수입이 없어도 계속해 나갈 수 있는 노력과 시간, 그리고 그것을 가능하게 할 경제적 안정이 중요하다는 사실을 부인할 수 없다.

그런 의미에서 영화감독을 꿈꾸는 것은 내 사정과 맞지 않았다. 특히 영화 제작은 다른 예술에 비해 많은 돈이 필요했다. 필름 영화 제작 후, 순전히 자비로 디지털로 한 편 더 연출했다. 필름보다는 적게 들었지만, 많은 비용이 들었다. 연출과 편집은 내가 직접 했지만 배우와 여러 스텝, 그리고 편집실이나 후보정 등 모든 과정에 큰 비용이 들었다. 아르바이트 같은 일로 감당할 수 있는 금액이 아니었다.

연출한 두 편의 작품을 여러 영화제에 출품했지만 별다른 입상을 하지 못했다. 그래도 포기하지 않는다면 좋은 작품을 만들 수 있을 거라고 생각했다.

영화 연출 영화 전공으로 대학원 한 한기를 다니고 있을 때였다. 아버지는 다시 '사고'를 쳤다. 어머니 명의로 발급받은 수많은 카드들을 연체시키고 집에 들어오지 않고 있었다. 얼마 후, 어머니는 간병인으로 일을 나갔다. 다시 얼마 후 형이 내게 와서 말했다.

"너도 좀 벌어야 되지 않겠어?"

언제 성공할지 언제 좌절할지 알 수 없지만 고다르 같은 영화감독이 되기 위해 고심하던 내게 오랜만에 만난 형이 물은 질문 아닌 질문이었다. 나는 일말의 주저함도 없이 그러겠노라고 말했다. 지당한 말이기 때문이었다.

아버지는 '사고'를 치고 집을 나갔고 어머니는 뒷감당을 위해 거동이 불편한 환자의 몸을 씻기고 배설물을 처리해주고 있었다. 이 상황에서 돈이 많이 드는 영화 공부와 제작을 할 수 없다는 건 자명했다. 특정 상황과 사람을 원망할 필요도 없었다. 아버지가 '사고'를 치지 않았더라도 내가 가고자 하는 길을 고집하는 것이 우리 집 상황에서 옳은 길이 아니라는 생각이 들었다.

영화를 더 이상 못 만든다는 사실이 아쉽지는 않았다. 단지 슬펐다. 집을 나간 아버지도, 그런 일을 나간 어머니도, 그런 이야기를 하는 형도, 그런 이야기를 듣고 공부를 그만두는 나도, 모두가 슬펐다. 벌써 꽤 오래전 이야기다.

　몇 년 전 어머니가 암 진단을 받고 수술과 치료를 위해 병원에 입원했다. 병원과 연결된 단체를 통해 간병인을 급히 구했다. 예전과 달리, 몇 년 전부터 간병인은 대부분 중국 동포들이었다. 성격 밝으시고 쾌활한 분이어서 마음이 조금 놓였다. 예전의 어머니가 잠시 간병 일을 하던 때가 생각났다. 많은 것을 포기한 그 시절의 나도 생각났다.

　어머니가 누워 계신 어두운 병실을 오가며, 내 첫 책이 된 에세이를 쓰기 시작했고 영화 대신 선택한, 돈벌이로 20년 가까이 하던 일을 그만두기로 결정했다. 20년 전보다 경제적 사정이 조금 나아져서 내린 결정이지만 그보다는, 더이상 이렇게 살 수 없다는 절박함 때문이었다. 다시 영화 연출을 할 능력도 마음도 없지만, 다시 글은 쓸 수 있을 것 같았다. 절박함으로 영화 공부를 그만두고 돈벌이를 시작했고, 또 다른 절박함으로 돈벌이를 그만두고 글쓰기를 시작했다.

　삶의 어떤 순간에 만나는 절박함이 있다. 절박함의 순간은 때론 파도처럼 때론 안개처럼 다가오는데, 그 절박함을 마주하는 방식과 그것을 넘어서는 과정은 사람마다 다르다. 돌이켜 생각해 보면, 그 순간에 '누군가'가 내 곁에 있어 주었다. 대개 그 누군가는 사람이었지만, 그게 꼭 '사람'만은 아니다.

가족과 자신의 삶을 거의 포기한 채 폭식을 하며 살아온 270여 킬로그램의 한 남자가 있다. 그가 발작을 일으킬 때마다 주문처럼, 혹은 구원처럼 읽는 문장이 있다. 영화 《더 웨일》에서 주인공 찰리는 호흡이 불가능해지거나 패닉이 올 때, 딸 엘리의 에세이를 읽는다. 엘리가 8학년 때, 소설 《모비딕》을 읽고 쓴 독후감이다.

찰리는 결혼하고 아이까지 있지만, 몇 년 전 아내와 어린 딸을 외면하고 한 남자와 사랑에 빠진다. 하지만 엄격한 종교 집단의 집안 출신인 그 연인은 스스로 생을 마감하고 만다. 사랑하는 사람의 죽음이라는 사건에 갇힌 찰리. 그는 온라인 문학 강의로 생계를 유지하며, 폭식으로 남은 삶을 지속한다. 실은 그것으로 삶을 끝내고 싶어 한다. 그런 그를 가끔 돌보아 주는 건 간호사 리즈뿐이다.

찰리는 무거운 자신의 삶이 이제 얼마 남지 않았다는 걸 알고, 딸에게 처음이자 마지막으로 연락하고 그녀를 만난다. 하지만 딸은 그가 역겹다. 외모 때문이 아니다. 자신의 사랑을 찾아 떠나고선, 염치없이 다시 만나고 싶어 하는 그의 생각과 행동이 역겹다.

찰리도 딸에게 용서받을 수 없다는 것을 잘 알고 있다. 다만, 그는 병원 치료도 거부하며 남긴 적지 않은 금액의 돈을 딸에게 주고 싶었다. 무엇보다, 사고만 치는 문제아인 딸이 누구보다 소중하고 재능 있는 존재라는 점을 꼭 알려 주고 싶었다. 그리고 글쓰기에 소질이 있다는 사실도.

"허먼 멜빌이 쓴 걸작 《모비딕》은 저자의 경험을 바탕으로 한 것이다. … 그는 평생을 그 고래를 죽이는 데 바친다. 안타까운 일이다. … 그 고래만 죽이면 삶이 나아지리라 믿지만 실상은 그에게 아무 도움이 안 될 테니까. 난 이 책이 너무 슬펐고 인물들에게 다양한 감정을 느꼈다. 고래 묘사만 잔뜩 있는 챕터들이 유독 슬펐다. 자신의 넋두리에 지친 독자들을 위한 배려인 걸 아니까. 이 책을 읽으며 내 삶을 생각하게 됐다. 그리고 다행이라는 생각을…."

그가 힘들 때마다, 호흡이 불가능해질 때마다, 마치 주문처럼 꺼내 읽는 엘리의 문장이 그를 살린다. 영화의 마지막 장면에서 엘리의 목소리로 그 에세이가 길게 낭독된다. 그리고 찰리는 세상에 무거운 몸을 내려놓고, 가볍게, 아주 가볍게 하늘로 오른다.

찰리는 딸을 불러 뒤늦은 용서를 구하지 않는다. 딸도 그를 용서할 생각이 없다. 단지 그는 자신의 잘못과 실수를 고백할 뿐이다. 엘리는 그런 아빠를 용서할 마음이 없지만, 죽어 가는 그를 위해 할 수 있는 일을 해 준다. 찰리에게 구원이 되는 자신의 문장을 직접 읽어 주는 것.

나는 찰리의 슬픔에 공감했지만, 온전히 그를 연민할 수는 없었다. 사랑하는 사람과의 사별은 충분히 슬프고 힘든 일이지만, 그 일로 자신을 망가뜨리고 망가진 삶으로 타인을 다시 힘들게 하는 일이 어딘가 부당해 보여서였다. 막상 찰리 자신은 돌봄이 필요한 존재를 제때 돌보지 않았고 함께 있어 주지 않았지만, 돌봄이 요구되는 그의 곁에는 여러 사람이 있어 준다.

찰리를 돌보는 간호사 리즈는 사실 찰리와 사별한 연인의 여동생이다. 그녀 역시 오빠의 죽음이라는 사건에서 자유롭지 않다. 한때 오빠의 연인이었던 남자, 모든 것을 놓아 버린 채 폭식으로 연명하는 남자를 돌본다. 그를 돌보기에 그는 너무 크고 그녀는 너무 작지만, 그녀는 돌봄이라는 것이 무엇인지 안다. 그것은 단지 먹여 주고 입혀 주고 재워 주는 것만이 아니다. 돌봄은 세상에 완전히 혼자가 아니라는 것을 알게 해 주는 일인데, 그녀는 그에게 그것을 주고 있다.

돌봄이 등가교환의 대상은 아닐 텐데, 오히려 일방적인 경우가 많을 텐데도, 누구도 돌본 적 없는 이가 다른 이로부터 당연하게 돌봄을 받는 상황이, 나는 못마땅했다. 내가 너무 미숙해서겠지만, 평생 부인과 자식에게 고통을 주고 밖으로 돌아다니며 사고만 친 남편이 늙어서 다시 늙은 부인과 자식에게 의지하며 돌봄받는다는, 뻔하고 흔한 현실이나 소설의 서사를 들을 때마다 화가 났다.

그럴 때 생각했다. 부당해 보이는 그들도 실은 내가 모르는 누군가를 돌보았을 거라고. 그렇게 생각해 보고 싶다. 그들도 내가 알지 못하는 누군가를, 혹은 무엇인가를 온 마음으로 돌보았을 거라고.

누구도 혼자 제 삶을 시작할 수 없다. 수정되는 순간부터 세상에 나오는 순간까지 타인에게 의존한다. 그리고 대부분의 사람들은 세상을 떠나는 순간과 세상을 떠나고 나서도 타인에게 의존한다. 타인의 도움이나 돌봄 없이 우리는 존재할 수도, 심지어 제대로 세상을 떠날 수도 없다.

간병인은 어머니를 돌보았고 나도 때론 어머니를 돌보았다. 자주 아팠던 내 어린 시절, 어머니는 나를 돌보았다. 아내가 아프거나 힘들 때 나는 아내를 돌보았고, 내가 아프거나 힘들 때 아내는 나를 돌보았다. 다리가 부러진 의자를 나는 돌보았고, 의자는 자신의 방식으로 마음이 무너진 나를 돌보았다. 반려견이나 반려묘를 키우지는 않지만 만약 그들을 입양한다면 나는 그들을 돌볼 테고 그들은 때때로 나를 돌볼 것이다.

세상은 결국 돌봄으로 채워진 시공간이라는 생각이 들었다. 서비스로 환원될 수 없는 돌봄이 점점 희소해지는 세상이지만 돌봄의 반경을 나에서 당신으로, 그리고 다른 사물과 세상으로 넓혀 가는 것이 어쩌면 사는 일의 전부일지도 모른다는 생각이 들었다.

스위스행

. . .

    우리 집은 가족 여행을 간 적이 없다. 유년 시절과 청소년 시절, 해외여행이 보편적인 시절은 아니었어도 주변 친구나 친척 집들을 보면 주말이나 휴가철에 서해나 강원도, 아니면 서울 근교라도 가곤 했다. 형편이 좋던 이모네는 항상 여름 휴가철이면 강원도나 부산의 해수욕장에 가곤 했다.

    꽤 사려 깊은 또래 사촌이 그런 걸로 잘난 척을 하거나 놀리지는 않았지만, 까맣게 타서 돌아온 사촌들을 볼 때면 꽤나 부러웠다. 우리 집도 언젠가 어딘가를 놀러 갈지도 모른다는 헛된 희망을 꽤 오랫동안 품었다. 끝내, 내 기억에는 여행은 물론, 나들이라고 불릴 만한 가족 활동은 결국 단 한 번도 가지 않았다.

어렸을 때는 넉넉지 않은 경제 사정 때문이라고 생각했지만, 조금 머리가 크고 나서 상황을 파악해 보니 꼭 그 이유만은 아니라는 것을 알게 되었다. 불가사의하게도 아버지는 다른 가족들과 여행을 자주 다녔다. 왜 버젓이 생존해 있는 아내와 두 아들을 두고 다른 가족들과 여행을 가는지 도무지 이해할 수 없었지만 사실은 단순한 이유였다.

잔소리하는 부인이 싫고 아이들이 부담스러울 뿐이었다. 자동차 할부금 체납 독촉장이 부지런히 날아와도 아버지는 고급 중형 세단을 타고 주말이면 부지런히 어딘가를 다녔다. 그 대가로 거창한 여행이 아니더라도 주말 오후 간단한 가족 나들이나 산책 같은 추억이 내겐 부재한다.

기억나지 않는, 실은 새겨진 기억이 없는 유년 시절의 존재하지도 않는 가족 나들이나 여행이 가끔 그리울 때가 있다. 대개 짧은 영상이나 스틸 컷으로 남아 있는 그 시절의 추억은 함부로 지울 수도, 손쉽게 만들 수도 없는 것이어서 내겐 영원히 원본이 없다.

눈부신 바닷가에서 성을 만들고 밀려들어 온 축축한 바닷물을 깔고 앉아 금세 허물어질 성을 애써 쌓는 어린 나를 상상할 수 없다. 넓은 잔디에서 아빠와 캐치볼을 주고받거나 축구를 하며 심장이 터지도록 뛰는 어린 나도 상상할 수 없다. 쏟아질 것 같은 밤하늘의 별을 보며 가만히 엄마품에 안긴 어린 나도 없다. 그 시절의 기억이나 추억은 꼭의도하지 않아도, 좋아하는 영화나 책처럼 종종 꺼내 보는, 혹은 꺼내지는 무엇인데, 내겐 어느 날 갑자기 폐업한 비디오 가게처럼 남아 있는 게 없다.

어린 날의 가족 여행쯤이야 아무 상관없었다. 아니, 아무 상관없을 것이라고 생각했다. 조금씩 나이를 먹어 가고 서른이 넘고 마흔을 넘기면서 어린 시절 추억들이 불현듯 생각나고는 했다. 그런데 유독 어린 시절의 어떤 가족과 함께 떠난 여행에 대한 기억이 나지 않았다.

왠지 그런 기억이 있을 것 같아서 회상해 보지만, 마치 잘못 감은 필름처럼 하얗게 지워진 것 같았다. 어떤 여행도

가지 않았으니 관련 기억이나 추억이 떠오를 일이 없었다. 결핍은 욕구를 만들었다. 부모에 의해 내 삶의 방식이 더 이상 결정되지 않는 시기가 오자, 부지런히 여행을 다녔다. 국내든 해외든 형편이 되는 대로 떠났고, 다시 돌아왔다.

성인이 된 이후, 많은 풍경을 보았고 여러 사람을 만났고 다양한 냄새를 맡았다. 그중 어떤 것은 잊었고 어떤 것은 잊지 않았다. 또 어떤 것은 잊었다가 문득 생각난 것도 있고, 자주 떠오르는 것도 있다. 내 삶의 남은 시간 동안 얼마나 많은 기억이 만들어지고 또 사라질지 알 수 없지만, 아마도 추억의 강도와 밀도가 예전만큼은 아닐 것이다.

이제 남은 날 동안 채워지는 것보다 지워지는 것이 더 많을 것 같다. 내게 남은 여행은 얼마나 될까. 결국 누구나 삶에는 끝이 있고, 그 끝남을 떠나온 곳으로 다시 돌아가는 것이라고 이해한다면 생은 누구에게나 짧은 여행이다.

요즘 가끔 생의 마지막 여행에 대해 종종 생각한다. 아내와 지금처럼 살다가 어느 날 적절한 시기에 평온한 방식으로 아늑한 공간에서 생이라는 짧은 여행을 마치면 좋겠지만, 세상 모든 일이 꼭 순조롭게 진행되는 건 아니다. 과학기술은 발전했고 수명도 길어졌고, 아직 극복되지 못한 여러 정신적·신체적 쇠락을 경험할 가능성도 동시에 높아졌다.

얼마 전에 아내와 얘기했다. 만약 정신도 몸도 온전치 못하면, 혹은 그것 중 어느 한쪽만 온전하다면 생의 마지막 여행은 스위스로 가고 싶다고. 삶을 내 뜻대로 시작하지 못했지만 삶의 마감은 내 뜻대로 하고 싶다고.

꽤 오래전의 일이다. 외할머니가 살아 계실 때, 한동안 식사를 중단하고 가만히 누워 계신 적이 있었다. 처음에는 기력이 없어서 매사가 귀찮아진 것이라고 생각했다. 당시에 혼자 살던 할머니 댁에 어머니가 부지런히 오갔는데, 언제부턴가 할머니가 식사를 챙겨 드시지 않고 종일 누워 있는 것 같다고 어머니가 말씀하셨다. 할머니는 입맛이 없다며 식사도 거의 드시지 않았고, 어머니가 없는 동안 아무것도 드신 흔적이 없다고 했다. 그리고 어머니는 할머니가 뭔가를 시도한 것 같다고 의미심장하게 말했다.

그때까지 할머니는 정정하시고 비교적 정신도 몸도 건강

했다(고 생각했다). 하지만 어느 순간부터 할머니는 삶이 너무 길다고 생각했던 것일까. 끝날 듯 끝나지 않는 생이 너무 지겹고 힘겨웠던 것일까. 할머니는 무의미의 바다 가운데서 언젠가 도달할 것이 분명하지만 그것이 언제일지 도무지 알 수 없는 표류를 하며 무기력한 싸움을 날마다 하고 있었던 것일까. 할머니는 스스로 곡기를 끊고 있었다.

성공하지 못한 시도는 할머니를 급속히 쇠약하게 만들었다. 더 이상 혼자 생활하는 것은 불가능했다. 생의 마지막엔 어머니와 함께 지냈고 그 끝자락에선 요양병원에서 지내게 되었다. 몸과 함께 정신도 쇠락했는데, 그것이 어쩌면 다행일까. 할머니는 더 이상 미래와 죽음을, 그리고 삶에 대해서도 고심하지 않는 것 같았다.

명절 때 가끔 뵈면, 나와 아내를 붙잡고 이런저런 말씀도 많이 하셨는데, 그 사건 이후로는 우리와 함께 식사와 디저트를 맛있게 드시고는 조용히 당신의 방에 들어가서 쉬셨다. 말씀도 부쩍 줄었고 표정도 좀 더 단순해지셨다. 어떤 이야기를 기대하며, 할머니가 앉아 계신 침대 옆에 살며시 가서 앉아도 할머니는 가만히 미소만 지을 뿐 별말씀이 없으셨다.

할머니는 현재에 갇힌 것 같았다. 아니면, 과거, 특히 미래로부터 풀려난 걸지도 몰랐다. 할머니는 더 이상 '내가 빨리 가야 하는데'라는 넋두리도 하지 않으셨고, 남은 삶에 대해서도 오지 않는 죽음에 대해서도 고민하지 않는 것 같았다. 여전히 표류 중이었지만, 잔잔한 수면에 몸을 맡기고 누워 그저 눈앞에 펼쳐진 하늘을 보고 있는 것 같았다. 슬픈 기억과 행복한 추억도, 삶의 고단함과 죽음에 대한 두려움도 없이, '지금'으로만 존재하는 현재에 머물러 계셨다. 그리고 오래지 않아 아직 세상에 남아 있는 우리 모두의 곁을 영원히 떠나셨다.

내 삶과 육체가 내 고통의 근원이 될 때, 내 죽음으로 누군가 슬퍼할 수는 있어도 그것으로 상처받지 않는다면, 최소한 그 죽음에 대해선 자기 결정권이 있어야 한다. 죽음의 선택과 과정이 간편해져서는 안 되겠지만 생의 어느 시점, 특히 심각한 질환과 무력한 노년의 시간을 통과하는 이들에게 죽음의 선택은 지금보다 좀 더 더 열려 있어야 한다.

길어진 수명만큼 길어진 노후가 즐거움과 행복, 건강 같은 단어들로 채워지면 좋겠지만, 외로움이나 무기력, 질병과 같은 단어들로 채워질 가능성이 더 높다. 아니면, 그나마 남은 기력을 자녀의 자녀를 돌보는 일로 채우거나.

누구도 예외 없이 맞게 될 이 여행의 끝. 우리 세대에는 불가능할지 몰라도, 머지않아 특이점이 오고 어쩌면 슬픈 기억과 행복한 추억과 함께 정신을 업로드해서 영원히 살게 될지도 모른다. 그 끝나지 않는 여행을 미래의 누군가는 하고 있을지도 모른다. '너무나 더럽고 더러운 이 육신'이라고 한탄한 햄릿의 말처럼, 누군가는 더러운 신체 없이 업로드된 정신으로 아무 낭비 없이, 그리고 어떤 신체적 제약도 없이 영원한 자유를 누릴 수도 있다. 하지만 나는 왠지 그것이야말로 '무한'이라는 감옥과 실리콘이라는 썩지 않는 육신에 갇힌 것 같다는 생각이 든다.

육체는 때때로 내게 고통을 주는 감옥이지만, 그것은 동시에 이 땅의 짧은 여행을 마치고 죽음이라는 미지의 여행을 떠나게 하는 자유다. 죽음을 재촉하거나 기꺼이 기다리진 않지만 그렇다고 그것이 꼭 슬픈 일만은 아니다. 죽음이 모든 것의 상실과 소멸을 의미한다고 생각하지 않는다. 내가 있든 없든 우주와 세상은 여전히 존재할 것이고, 시원한 소나기와 선선한 가을바람과 눈물 나는 노을은 내일도 모래도 반복될 테니까. 그리고 나는 미지의 세상 어딘가로 영원히 떠나 있을 테니까.

삶의 정물들

"인간은 아무것도 하지 않을 때 가장 활동적이며
혼자 있을 때 가장 덜 외롭다."

– 카토

    한나 아렌트가 인용한 카토의 문장을 처음 읽었을 때, 나는 저 말을 받아들이기 힘들었다. 혼자 있을 때 가장 외롭고, 아무것도 하지 않을 때 깊은 무력함을 느꼈기 때문이다. 어떻게 아무것도 하지 않는데 가장 활동적일 수 있고, 혼자 있을 때 가장 덜 외로울 수 있을까. 그저 관습적 사고를 뒤집으려는 수사적 말하기인가 싶었다. 종종 아무것도 하지 못하고 무력해질 때마다, 혼자 있으며 외로울 때마다,

선뜻 인정할 수 없는 저 말이 떠오르곤 했다.

　몇 년 전, 남은 생은 지금과 조금 다르게 살겠다고 결심
하고 나서, 한동안 아무것도 하지 못했다. 전업 작가를 꿈
꾼 건 아니었다. 하는 일을 많이 줄이고 글을 쓰며 살겠다
고 책상 앞에 앉아 있었지만, 언젠가부터 하루 종일 멍하니
모니터의 여백만 보고 있는 나를 보게 되었다. 심장보다 조
금 더 빨리 뛰는 커서의 깜빡임을 보며, 내가 하는 일이라
고는 반복적인 호흡뿐이었다.

　처음부터 그런 건 아니었다. 몇 년 동안 거의 쉬는 날도
없이 일하던 어느 해, 일 년 동안 무언가에 홀리듯, 퇴근 후
늦은 밤에 소소한 글부터 단편 소설까지 닥치는 대로 썼다.
학술 논문을 제외하고, 그때가 지금까지 보낸 일 년 중 가
장 많은 글을 쓴 해였다. 하지만 막상 하던 일을 많이 정리
하고 이제 제대로 써 보자고 결심한 순간부터, 마치 '딸깍'
스위치가 꺼진 것처럼 그 '여백'이 왔다.

　글을 쓸 수 없을 때는 글을 읽는 수밖에 없었다. 난감했
지만 쓰는 일과 달리 읽는 일은 의지대로 가능했다. 흔히

'고전'이라 불리는 책들을 닥치는 대로 읽었다. 그때 여러 번 읽은 소설 중 하나가 허먼 멜빌의 《필경사 바틀비》였다.

바틀비는 1850년대경, 뉴욕 월가의 법률 사무소에서 일하는 법률서기(필경사)다. "딱한 느낌이 들 만큼 예의 바르고, 누구도 어떻게 해 줄 수 없을 만큼 쓸쓸해" 보이는 그는 많은 양의 서류를 베껴 쓰지만 그 밖의 일에 대해서는 언제나 상냥하지만 분명한 목소리로 "하지 않는 게 좋겠습니다 (I would prefer not to)."라고 대답하는 인물이다. 그는 가끔 묵묵히 서서 몽상에 빠지는 일 외에 (자신의 자리 외에는) 아무 곳도 가지 않고 (필사 외에는) 아무 일도 하지 않는다.

그를 고용한 변호사는 거의 모든 일을 거부하는 바틀비에게 심하게 화를 내거나 그를 해고해야 마땅하지만, 막상 변호사는 그렇게 하지 못한다. 바틀비의 행동이 이해되는 것은 아니지만 그에게 어떤 연민의 감정을 느낀다. 변호사는 바틀비에게서 "폐허가 된 사원의 마지막 기둥" 같은 쓸쓸함과 고독함을 읽어 낸다. 이해할 수는 없지만 그가 신중하고 무해한 사람이라는 느낌을 받는다.

그러나 결국, 바틀비는 사무실을 무단 침입한 부랑자로 몰려 교도소에 수감된다. 그리고 그곳에서 음식마저 먹기를 거부하고 생을 마친다.

바틀비에게 무슨 일이 벌어진 걸까. 혹은 무슨 일도 벌어지지 않은 걸까. 바틀비는 어떤 일을 한 걸까. 혹은 아무일도 하지 않은 걸까. 바틀비에 대해 사람들(평론가나 연구자)은 '소심하고 소극적인 저항을 보여 준' 인물이라거나 '월가(Wall street)'로 상징되는 자본주의 사회에서 '무력하고 소외된 현대인의 전형'이라는 등, 다양한 해석을 했다.

모두 수긍할 만한 해석이지만, 나는 왠지 '소극적'이라는 어휘가 바틀비에게 적당한 설명 같지 않았다. 소극적으로 보일 수는 있지만 바틀비의 행동은 가장 적극적으로 읽혔다. 그에게 '아무것도 하지 않는 것'이야말로 삶과 생명을 건 모험이기 때문이다.

일 년 동안 불가해한 '바틀비'가 문득문득 내 삶의 여러 모서리에 불쑥불쑥 나타났다. 그리고 어느 날, '딸깍' 스위

에필로그

치가 켜진 것처럼은 아니지만, 조금씩 글이 써지기 시작했다. 많은 글을 빨리 쓰지는 못했지만 아무래도 상관없었다. 부지런히 많이 써내는 능력이 없는 것을 알고 있었기에 쓸 수 있다는 사실에 행복했다. 다행이라고 해야 할까.

내 삶의 사이사이 느리더라도 하고 싶은 말과 쓰고 싶은 문장을 새겨 넣을 수 있는 것으로도 만족했다. 너무 자족적이지만, 자족할 수 있는 능력이야말로 가장 어려운 일이기에 글쓰기에 관한한 자의든 타의든 그 능력을 얻은 것 같아서 기뻤다. 그리고 그 멈춰진 여백에서 많은 것이 변하고 다시 시작되었다.

깊은 변화는 그 멈춤, 중단, 혹은 하지 않을 때부터 시작된다. '하지 않음'이 있어야만 새로운 '함'이 있다. '이전'을 답습하지 않는 시작과 변화는 '하지 않음' 없이 생길 수 없다. 그건 무엇인가를 새롭게 시작하기 위해 갖는 휴지기나 재정비와는 다르다. 무엇인가를 '하지 않는다'는 건, 기존의 인식과 생각과 행동으로부터, 그 인식과 행동을 규정짓는 관습적/사회적/문화적 틀로부터, 그래서 그 틀에 의해 규정된

'나'로부터 벗어나기 위한 태초의 행동이 아닐까. 그 행동이 다른 나와 세상을 상상하게 하고 그것으로 나와 나를 감싼 세상이 조금씩 나아질지도 모를 테니까.

하루를 시작하는 아침, 오늘 해야 할 일을 쓰기보다 하지 않을 일에 대해 쓴다.

하지 않은 세계

초판 1쇄 인쇄일 2025년 05월 21일
초판 1쇄 발행일 2025년 05월 30일

지은이 안바다
펴낸이 양옥매
디자인 표지혜
마케팅 송용호
교   정 조준경

펴낸곳 도서출판 책과나무
출판등록 제2012-000376
주소 서울특별시 마포구 방울내로 79 이노빌딩 302호
대표전화 02.372.1537 **팩스** 02.372.1538
이메일 booknamu2007@naver.com
홈페이지 www.booknamu.com
ISBN 979-11-6752-642-7 (03800)